꿈꾸는 대화

소나무가 쉴 만한 곳을 말하다.

윤상필 지음

꿈꾸는 대화

소나무가 쉴 만한 곳을 말하다.

윤상필 지음

이 책을 열며

　어느 날 문득, 소나무를 찾아서 많은 대화를 나누다 보니, 이렇게 한 권의 책이 되었습니다. 이 책은 독자가 선택한 대화의 방식에 따라서, 때로는 안개처럼, 때로는 추억처럼, 때로는 꿈처럼 느껴질 것입니다.

　설화는 국경이 없습니다. 눈 덮인 세상처럼 모든 것을 하나의 꿈으로 연결하기 때문입니다. 시원한 바람도 쐴 겸, 솔밭에서 그곳 친구와 함께, 추억과 그리움과 꿈을 넘나들면서 굳어진 삶을 좀 더 넓게 펼칠 수 있다면 좋겠습니다.

소나무와 대화하는 방식으로 그럴듯하게 꾸며진 30편의 이야기는, 수필과 설화가 마치 정원의 꽃과 나무처럼 잘 어울려 있어서, 한마디로 이것은 무엇이라고 말씀드리기는 참 어렵습니다. 저는 그래서 이글을 '대화 수필'로 부르고자 합니다.

자세히 보면, 묻는 학생도 어설프고, 소나무의 답변도 그리 신통한 것이 없겠지만, 차 한잔 마시면서 가벼운 읽을거리로 삼아주신다면 저자로서는 더 이상 바랄 것이 없겠습니다. 아무쪼록 이 책을 읽고, 저마다의 모습에 꼭 알맞은 꿈을 찾아서, 그곳에서 행복한 대화를 나눌 수 있다면, 참 좋겠습니다. 감사합니다.

2024년 3월 15일 저자, 윤상필

이 책의 차례

1부

안개처럼 그려진 이야기

1

소나무와 만남

소나무야, 소나무야, 참 멋진, 소나무야! 나는 네가 친구였으면 좋겠다.

그것은 내가 바라던 일입니다.

휠, 소나무야, 방금 네가 말한 것이 맞니?

맞아요. 내게 말 거는 사람이 없어서 그동안 좀 심심했죠.

진짜 내 말을 알아듣는가 보네?

뭘 그리 놀라십니까?

소나무야, 너 그 자리에서 꼼짝 말고 있어라. 세상에, 소나무가 말을 하다니. 동네 사람 들을 좀 데려와야겠다.

소나무가 움직이는 것을 봤나요? 꼼짝 말고 있으라니요?

가만, 말을 듣고 보니, 그렇긴 하다. 소나무야, 나와 이렇게 대화를 나눈 것을 누구에게도 말하면 안 된다.

걱정도 팔자십니다. 아까는 꼼짝 말고 있으라고 하더니, 이번에는 비밀을 유지하라고 하네요? 무엇 때문에 그런가요? 독점적인 소유욕? 아니면, 사람들이 미쳤다고 할까 봐서?

음, 둘 다가 아니라고 한다면, 거짓말이겠지?

결론적으로 말하면, 항상 비밀을 터뜨리는 쪽은 내가 아니라, 사람들이었죠.

그렇다면 좋아. 너는 언제부터 말을 하게 되었지?

하늘이 생기고, 땅이 생기고, 사람이 생길 때부터죠.

네가 그때부터 지금까지 살았다는 말이야?

그렇죠.

거짓말하지 마라. 한국에 천 년 된 소나무가 지리산 어디에 있다는 소문은 들었지만, 만년 된 소나무는 들은 적이 없다. 아무래도 네가 나이를 착각하고 있는 것 같다.

풋! 착각은 자유라고 했어요.

그럼 좋다. 어쨌든 소나무와 이렇게 말을 하다 보니, 내가 좀 흥분했는가 보다.
사실, 내가 갑자기 대답했을 때, 놀라지 않은 사람은 없었죠. 이제 좀 정신이 들었나요?

그래, 이제 좀 편안해졌어. 그런데 나보다 나이도 한참 많은 것 같은데, 내가 이렇게 반말해도 되나?
갑자기 공손해진 모습을 보니, 이제 좀 정신이 드나 보네요? 그냥, 편하게 '소나무야'하든지, '솔선생'하든지 하면 돼요.

그러면, 제가 훨씬 어리니까, 지금부터 '솔선생'이라고 할게요.
네, 그렇게 하세요.

세상에, 내가 지금 꿈을 꾸는 것인가요?
꿈이 아니라, 현실입니다. 요즘 잘나가는 임영웅도 알아요.

솔선생은 진짜 모르는 것이 없네요?
네, 바람과 새들이 소식을 전해주고, 솔밭 친구들이 소식을 전해주기 때문이죠.

솔선생은 그들과 대화도 할 수 있어요?

**그럼요, 그들이 다 내 친구인걸요. 서로 친하면, 멀리 떨어져
있어도 충분히 대화할 수 있죠.**

아하, 그래서 세상 소식도 잘 알고 있었던 것이군요?

네, 나는 가만히 서 있지만, 귀는 항상 열어두고 있으니까요.

그렇다면, 제가 솔선생께 자주 찾아와서 궁금한 것을 마음껏
여쭤봐도 될까요?

**얼마든지요, 나는 혼자 있는 것보다, 이렇게 대화하는 것이 더
좋답니다.**

그렇다면, 앞으로 자주 찾아올게요.

네, 자주 보도록 해요.

2

솔밭 친구

솔선생은 이곳이 좋아요?

네, 좋죠.

여기 솔숲이 고향인 거죠?

그런 셈이죠. 줄곧 여기서만 살았으니까요.

힘들 때는 없었나요?

가뭄이 심할 때가 좀 힘들지만, 친구들이 많이 도와주죠.

친구들이 물을 가져다줍니까?

아니요. 바람이 가뭄 소식을 전해주면, 미리 가뭄을 준비하죠.

바람은 어떻게 가뭄을 미리 알았을까요?

습도가 높을 때, 바람은 큰 목소리로 말하고, 습도가 낮으면 대체로 잔잔하게 말한답니다. 오랜 시간을 친구로 지내다 보니, 이제는 그의 표정만 봐도, 그가 무슨 말을 하는지 그 내용을 짐작할 수 있죠.

이심전심이군요.

그런 셈이죠.

다른 친구의 도움도 있나요?

네. 저기 보이는 잣나무죠. 그는 눈이 새하얗게 내리는 겨울에도, 오히려 푸른 잣나무 향기를 공중에 뿌려서 새로운 소식을 전해준답니다.

아, 좋은 친구네요. 저도 비슷한 얘기를 들은 적이 있어요. 배추와 무가 뿌리를 깊게 내리면 그해 겨울이 유난히 춥다고 하더라고요.

맞아요. 배추와 무도 바람이 전하는 소식을 미리 들은 것이죠. 모든 생명체는 그 나름의 방식으로 소식을 듣고 있죠.

그 소식을 저도 들을 수 있다면 좋겠어요.

그것은 어려운 일이 아닙니다.

어떻게 하면 알 수 있죠?

서로 친하면 됩니다.

솔선생과 대화하듯이 말이죠?

네, 생각을 비우고, 느낌으로 듣고 말하면 돼요.

가만있자, 서로 친하고, 느낌으로 대화를 나누면, 그게 가족이고 친구 아닌가요?

그렇겠죠. 가족이나 친구는 내가 무엇이 필요한지, 굳이 말하지 않더라도 이미 느낌으로 알고 있을 때가 많죠.

진짜 그런 것 같아요. 제가 친구를 문득, 생각하면 그 친구에게서 전화가 올 때가 많았죠.

그것은 가장 발전된 대화방식입니다. 마음이 서로 통한 거죠.

아, 마음이 서로 통하는 친구가 많다면 진짜 행복하겠군요?

그럼요. 청순한 도라지꽃, 시원한 바람, 맑은 시냇물, 춤추는 나비, 반짝이는 별이 서로 마음이 통하는 내 친구의 모습이라고 생각해 보세요. 얼마나 행복합니까?

친구들이 많은 솔선생이 부럽습니다.

진짜로 부럽다면, 여기 솔밭에서 살래요?

아, 그것은 조금 더 생각해 볼게요.
사람은 왜 갈수록 친구가 없는지 모르겠네요.

이리저리 정신없이 사니까 그렇겠죠.
맞아요. 다들 너무 바쁘게 살아요.

나 혼자만의 사회로 급속히 변모하는 이유가 있겠죠?
네, 나만 좋으면 된다는 생각이 완고하면, 친구란 오직 자기가 만든 허상이거나, 자기의 그림자뿐이겠죠.

아, 그 말씀 꼭 명심할게요. 저는 이제 솔밭에 오면, 마치 고향에 온 듯한 느낌이 들어요.
네, 그것은 솔밭 친구들과 서로 친해졌기 때문이죠.

서로 친하면, 싸울 일도 없겠죠?
그렇겠죠. 모두가 친구이고, 가족이 되니까요.

솔선생 덕분에 저에게 친구가 많아졌어요.
그렇게 생각해주니 고마워요. 나는 뻐꾸기 울음소리와 함께, 밭 가는 황소 뒤를 따라서 하얀 할미새가 종종걸음으로 따라가는 저 모습이, 앞으로도 오랫동안 이어졌으면 좋겠어요.

3

더 높은 곳

솔선생 안녕하세요?

아, 어서 오세요.

이곳 마을에도 빈집이 많네요?

네, 안타까운 일이죠.

농촌에서 살기가 갈수록 힘든가 봐요.

생활의 관점에서는 그렇죠.

시장도 멀고, 학교와 병원도 가깝지 않아서 그런 거죠?

네, 게다가 편의점도 없고, 버스는 일찍 끊기죠.

솔선생도 이곳 사정을 잘 아시네요.

알다마다요. 그나마 가끔 오는 택배와 만물상 트럭이, 이곳 사람들에게 활기를 불어넣고 있죠.

그렇지만 여러모로 생활이 불편하니까, 젊은 사람들이 도시로 떠나는 것도 무리가 아니군요.

그래요. 만물상 트럭을 도시의 쇼핑몰과 비교할 수는 없죠.

그러면 앞으로 농촌은 빈집만 남을까요?

농촌 상황이 지금처럼 지속된다면, 그것은 충분히 예상할 수 있는 일이죠.

하지만, 농산물 판매를 도시 사람들이 적극적으로 협력해준다면, 농촌의 상황이 지금보다는 많이 좋아지겠죠?

그것은 아주 좋은 생각입니다. 도시와 농촌이 서로 돕고 살아야죠.

농산물 판로가 열리고, 농가의 소득이 일한 만큼 보장된다면, 귀농하는 사람들이 분명히 늘어나지 않을까요?

그럼요. 친환경 전기차를 보급형으로 농가에 제공하는 것도, 한 방법이 될 것입니다. 그러면 저렴한 비용으로 편리하게 이동할 수 있고, 생활상의 불편함도 많이 개선할 수 있겠죠.

솔선생은 진심으로 농촌의 현실을 걱정하고 계시군요.

네, 이곳에서 오랫동안 농촌의 상황을 지켜봤으니까요.

솔선생을 살아있는 농촌 박물관이라고 해도 되겠네요?

아, 그건 아닙니다. 박물관은 지나간 유물을 전시하는 곳이고, 나는 지난 일들을 다만 기억하고 있을 뿐입니다. 그러니 내게는 특별히 전시할 것도 없어요.

겸손의 말씀을 다 하십니다.

아니요. 사실입니다. 살아있는 박물관은 안동 하회마을이나, 낙안읍성 같은 곳이죠.

그래도 솔선생이 전해주는 말씀은 그런 곳에서 느낄 수 없는 것들이 많아요.

그렇게 생각해주니 감사요. 나처럼 오래된 나무는 지난 일들을 나이테에 생생하게 저장하고 있는 덕분에 그런가 봅니다.

그렇다면, 솔선생에게 특별히 기억나는 일이라도 있습니까?

네, 있지요. 홍길동전을 썼던 허균이 생각납니다.

그를 직접 보았습니까?

네, 어렸을 때 그를 자주 봤죠.

다른 애들보다 똑똑했나요?

아니요. 그것은 잘 모르겠고 그는 숨바꼭질 놀이를 좋아했죠. 그는 나무 뒤에 숨는 것보다 나무 위에 숨는 것을 더 좋아했어요.

그가 왜 그랬을까요?

내 짐작에는, 그가 어릴 때부터 완벽한 것을 꿈꾸지 않았나 싶어요. 술래가 절대로 찾을 수 없는 그런 곳을요.

참 독특하군요. 술래가 그를 찾느라 고생했겠네요.

물론입니다. 한 번은 그가 나무 위에서 숨어 있다가 그대로 잠들었는데, 허균이 사라졌다고 온 동네에서 난리가 난 적이 있었죠.

홍길동이가 따로 없었네요.

그렇죠. 그런데 사라졌던 그를 찾는 일등 공신은 언제나 그의 누이였죠.

허균은 나무를 잘 탔습니까?

전혀요. 그는 성질이 급해서 나무를 급하게 오르다가 생채기 난 적이 훨씬 더 많았죠.

다람쥐처럼 날쌨다면 참 좋았을 텐데, 운동은 잘하지 못했나
봐요?

**대신에, 그는 새가 되고 싶어서 스스로 호를 학산(鶴山)으로 불
렀죠. 나중에는 하늘에 더 높이 올라서 신선이 되고 싶었던지, 아
예 백월거사(白月居士)라고 바꾸었지만요.**

그가 말년에 가족을 잃고, 겪었을 고통을 생각하니, 왠지 좀 찡
하네요.

**네, 그는 항상 더 높은 곳을 꿈꾸는 사람이었죠. 어렸을 때는
누이가 술래가 돼서 그를 찾아 집으로 향했지만, 그 누이가 27세
의 젊은 나이로 세상을 일찍 떠나자, 그는 집으로 곧장 들어가지
않고, 가까운 길인데도 종종 길을 잃을 때가 많았답니다.**

허균에게 그런 일이 있었군요.

**네, 뛰어난 인물일수록 알고 보면, 가슴이 먹먹한 숨은 이야기
가 많죠.**

4

수레바퀴의 삶

솔선생 안녕하세요?

네, 잘 지냈죠?

솔선생 덕분에 잘 지냈어요.

네, 좋은 일입니다.

혹시 저 할머니를 아세요?

저기 자줏빛 패딩을 입고 내려가는 분 말인가요?

네, 맞아요. 요즘 자주 눈에 띄네요.

그럴 수밖에 없겠죠. 며칠 전에는 여기서 하루종일 혼자 앉아

서 슬피 울었죠.

무슨 일이 있었나요?
음, 사연이 조금 길어요.

솔선생이 이렇게 뜸 들이는 것을 보니 더욱 듣고 싶네요.
그 할머니가 어렸을 때, 좋아했던 또래 학생이 있었답니다. 그런데, 그는 눈길 한 번도 제대로 주지 않았다고 해요. 말하자면 짝사랑이었던 것이죠.

저런, 그런 사연이 있었군요.
그래서, 그녀는 시를 연필로 써서 속마음을 전하려고 했죠.

시를 써서 잘 됐어요?
네, 처음에는요. 그녀의 시를 읽고, 그 남학생은 매우 감동했다고 해요.

그러면 좋은 것 아닌가요?
그렇죠. 그런데, 그 학생이 시를 읽고 감동했던 것까지는 좋았는데, 문제는 그다음이었죠.

부모에게 들켜서 혼났나요?

그랬다면, 차라리 더 좋았을지도 모르죠.

그럼 혹시 무슨 배달 사고라도 있었던가요?

그건 아니고요, 그녀의 시가 멋질수록 그 시를 읽고 정말로 감동한 사람은 따로 있었답니다.

아, 이건 좀 이해할 수 없네요.

사실은 그 시를 읽은 남학생이 토씨 하나 바꾸지 않고, 그녀의 시를 옆집 여학생에게 종이만 바꾸고 그대로 베껴서 주었답니다. 놀랍게도 그 여학생은 거기에 반해서 다음 시가 올 때까지 손꼽아 기다릴 정도였다고 하죠.

그러니까 남 좋은 일을 한 셈이군요.

말하자면 그렇죠. 그녀가 한 번은 그 옆집 여학생 집으로 놀러 갔는데, 그 남학생이 시를 잘 쓴다고 무척 자랑했다고 해요. 그런데 옆집 친구가 보여준 시는 다름이 아니라, 그녀가 밤새워서 썼던 그 시였죠.

그녀가 엄청 속상했겠네요.

그렇죠. 배신감이 들었겠죠. 그 남학생은 그녀에게 새로운 시를 빨리 보고 싶다며, 짐짓 그녀에게 재촉까지 했으니까요.

그 후에 어떻게 됐어요?

네, 그들은 결혼했고, 그녀만 혼자 마을에 남았죠.

아, 안타깝네요.

그 후로, 그녀는 밤에 여기까지 와서 나를 붙잡고 하소연했죠. 어떤 날은 부엉이 소리보다 더 크게 울면서 그들을 하염없이 원망했죠.

솔선생이 그때 많이 힘들었겠어요.

나는 원망을 한 귀로 듣고 한 귀로 흘리죠. 그런데, 그녀의 원망이 통했는지, 어느 날 그들이 장에 갔다가 눈길에 용달차가 미끄러져서 남편은 일찍 세상을 떠났고, 옆집 친구는 졸지에 과부가 되었답니다.

그것참, 소름 돋는 얘기군요.

그 할머니는 모든 불행한 일이 자신의 원망 탓인가 싶어서 후회막심했죠. 그러나 이미 엎질러진 물이었어요.

그녀가 마음이 착잡했겠군요.

네, 그녀는 속으로 원망했을지라도, 천성적으로 그렇게 모진 사람은 아니었어요.

그 뒤에 두 분은 어떻게 지냈나요?

역설적이지만, 서로 자매지간이라고 할 만큼 친하게 지냈죠.

그런데, 그 할머니가 며칠 전에 왜 그렇게 슬피 울었죠?

그녀의 친구가 세상을 먼저 떠났기 때문이죠. 해묵은 시 한 다발을 남기고 말입니다. 그 겉표지에는 '사랑하는 친구 명희의 시'라고 그 할머니의 성함이 큼직하게 씌어 있더랍니다.

그러니까 옆집 친구는 그 시를 누가 썼는지 알고 있었군요.

네, 그렇죠. 그때가 언제부터였는지는 정확히 알 수 없지만요.

그러고 보면, 미움도, 사랑도, 다 부질없는 것이겠죠?

아마도요. 삶은 수레바퀴 같은 것이니까요.

갑자기 춥네요. 바람도 이 이야기를 알고 있을까요?

물론이죠. 바람이 모르는 일은 이 세상에 없죠.

5

노지(露地) 딸기

솔선생 안녕하세요?

네, 어서 오세요.

요즘 과일값이 장난이 아닙니다.

공급이 부족하니 어쩔 수 없는 일이죠.

무슨 대책이 없을까요?

공급을 늘리면 됩니다.

과일의 공급은 하루아침에 늘릴 수가 없으니 문제죠.

맞아요. 시간이 좀 필요하죠.

과일 생산을 획기적으로 늘리는 방법이 없을까요?

있죠. 재배 면적을 늘리고, 최신 첨단 시설을 도입하면 됩니다.

솔선생도 상투적인 정답을 말씀 하시군요. 정말로 더 획기적인 방법은 없을까요?

농업생산 기술과 저장 기술이 발달하면서 식량문제가 많이 개선된 것은 좋은 일입니다. 그러나 현대인은 과학에 너무 의존하고 있습니다.

그게 무슨 말씀이죠?

생각해 보세요. 딸기는 초여름에 나고, 수박은 한여름에 나는 과일이죠. 그런데 사람들은 추운 겨울에 비싼 값을 치르면서까지 이것들을 소비합니다.

사람들의 소비 행위에 문제가 있다는 말씀인가요?

맞습니다. 놀랍게도 여름철 딸기를 겨울에 더 많이 소비하고 있습니다.

사람들의 생활 습관과 기호가 달라졌으니까요.

네, 겨울에 반 팔 티셔츠를 입고, 딸기를 먹는 모습은 이제 일상이 되었죠. 그렇지만 이것이 자연의 리듬에 꼭 부합하는 생활은 아닙니다.

그렇다고, 다시 자연으로 돌아갈 수는 없겠죠?

물론입니다. 수레를 타던 사람이 자동차를 타는 것은 쉽지만, 자동차를 타는 사람에게 수레를 타라고 할 수는 없으니까요.

과학과 기술의 발달은 양면성이 있군요?

맞습니다. 과학과 기술은 빠르고 편리하지만, 모든 생명체는 오히려 느리게 변화하면서 살기를 더 원하죠.

문명의 변화 속도가 너무 빠르군요?

그래요. 너무 빨라서 멀미가 날 정도죠. 나는 요즘 사람들이 옛날처럼 여름철에 나는 딸기를 많이 먹었으면 합니다. 햇살과 바람이 응축된 노지(露地) 딸기의 맛과 향을 비닐하우스 딸기가 따라올 수는 없죠.

그렇다고, 하우스 딸기를 재배하지 않을 수도 없잖아요?

그렇죠. 아무래도 겨울철 딸기가 보관하기가 더 쉽고, 대세이니까요.

딸기뿐만 아니라, 문제는 과도한 소비심리가 우리에게 좀 있는 것 같아요.

네, 소비가 주체를 규정하는 사회가 되었으니까요.

무엇을 소비하느냐가 곧, 그 사람의 삶과 이미지를 규정한다니 좀 서글프군요.

하지만, 검소함과 절제된 생활방식으로 건강한 소비생활을 하려는 사람도 많으니까, 너무 그렇게 걱정할 필요는 없어요.

솔선생은 겨울철에 좋아하는 것이 뭔가요?
따뜻한 햇살입니다. 내게는 생명의 빛이죠.

저도 겨울 햇살을 참 좋아해요.
네, 모든 생명은 추운 겨울철에 반드시 생명의 온기가 필요하죠.

솔선생은 노을빛을 보는 것도 좋아하시나요?
그럼요, 황금빛으로 물든 노을을 보고 있으면, 어찌나 황홀한지 겨울철 추위도 깜박 잊을 때가 있죠.

솔선생과 함께 저도 그런 멋진 노을빛을 감상하고 싶어요.
그럼, 다음에 올 때, 춥지 않게 옷을 잘 입고 오세요.

네, 잘 준비해서 올게요.
노을빛을 바라보는 것은 생명의 재충전이고, 생명의 리듬에 동참하는 소중한 기회이죠.

솔선생의 말씀을 들으니, 벌써 자연의 웅장한 노을빛 협주곡을 듣고 있는 기분인데요.

아, 참으로 멋진 표현입니다.

솔선생 덕분에 제가 상상력이 풍부해진 것 같아요.

감사요. 자유로운 상상은 사람들의 삶을 풍요롭게 하고, 또한 아름답게 하죠.

그 말씀을 들으니, 왜 갑자기 눈물이 나오려고 하죠?

그동안 바쁜 일상에서 묶였던 줄이 가슴에서 한 가닥 풀렸기 때문이겠죠.

모두 다 솔선생 덕분입니다.

별말씀을요. 추운 날씨에 찾아와 줘서 감사해요.

6

마음을 찍는 사진작가

솔선생, 안녕하세요?

네, 안녕하세요.

오늘은 솔선생에게 자랑할 게 있어요.

그래요?

제가 사진 찍는 취미가 있는 거 아시죠.

네, 늘 카메라를 메고 오는 것을 봤으니까요. 좋은 작품을 건졌 어요?

아니요, 사진 작품이 아니라, 렌즈를 하나 새로 구했어요.

기분이 좋겠어요. 요즘 디지털카메라와 렌즈의 성능이 매우 뛰어나죠?

우와, 솔선생이 디지털카메라를 다 아세요?
네, 조금 알죠.

아니, 여기서 항상 서 있기만 한데 어떻게요?
저 아래 강가에 있는 유채꽃과 양귀비꽃에게 자주 들었죠.

아, 그렇군요. 꽃밭에 온 사람들이 카메라로 사진을 많이 찍으니까.
맞습니다. 그래서 좀 알아요.

그럼, 카메라 렌즈도 잘 아시겠네요.
네, 최신 미러리스 렌즈의 성능이 갈수록 뛰어나다고 들었어요.

솔선생은 정말 모르는 것이 없군요.
아, 별것 아닙니다. 비행기 태우지 마세요.

사실은 제가 수동렌즈를 좋아해서 하나 구했어요.
오, 지금 들고 있는 그 렌즈인가요?

네, 판콜라(Pancolar)라고 하는 50mm 렌즈죠.

멋지네요. 초점 맞추기가 어렵지 않은가요?

처음에는 어려웠는데, 금방 적응이 되더라고요.

그래도 여러모로 불편할 텐데, 왜 수동렌즈를 그렇게 좋아해요?

네, 수동렌즈로 찍은 사진이 아주 묘한 감성을 주더라고요.

마치 오래된 우물가의 풍경처럼 말이죠?

맞아요. 저는 그 묘한 느낌의 사진이 좋아요.

사진 얘기를 하니까, 특이한 사진작가 한 분이 생각 나군요. 그는 이곳에 한 번 오면, 아예 며칠씩 텐트를 치고 살았죠.

사진을 찍으려고 텐트를 다 쳤다고요?

그래요. 그는 새벽에 일어나서 아침도 거른 채, 부지런히 움직였어요. 아침 안개가 느릿하게 움직일 때마다, 마치 소나무의 심장 소리를 한순간도 놓치지 않고 포착하려는 사람처럼, 쉬지 않고 셔터를 눌렀죠.

그분의 열정이 참으로 대단하군요.

네, 그는 아침 안개가 사라지기 전까지 소나무의 모습을 찍다

가, 안개가 다 사라지면, 사진만으로는 감흥이 부족했던지 한동안 소나무를 쓰다듬곤 했지요.

솔선생 말씀을 듣고 보니, 그는 단순히 소나무의 모습을 담기 위해서 이곳에 온 것이 아니라, 진실로 소나무가 보고 싶어서 이곳에 온 것 같아요.

네, 그는 안개가 없는 날은 사진을 찍는 대신에, 소나무 옆에 앉아서 그 큰 대형카메라를 쓰다듬듯이 하나하나 닦았죠.

아, 말씀만 들어도 그분의 내공(內功)이 느껴집니다.

내가 보기에 그는 삶과 사진이 둘이 아니라 하나였죠.

그분의 사진 작품에는 소나무와 안개뿐만 아니라, 어쩌면 그분의 마음과 삶까지도 모두 담겨있지 않았을까 싶네요.

맞는 말입니다. 그는 프레임 안에다 세상을 빛으로 표현하려는 것 못지않게, 자기의 마음을 빛으로 채우려고 했던 독특한 사진작가였죠.

혹시, 그분의 성함을 알 수 있을까요?

그는 늘 혼자 조용히 다닌 탓에 성함은 잘 모르겠어요.

그분이 여기에 또 올까요?

네, 그럴 겁니다. 안개가 자욱하게 낄 무렵에.

저는 최신 카메라와 렌즈만 있으면, 이 세상 모든 것을 다 표현할 수 있다고 생각했는데, 이제 보니까 그것이 전부는 아닌 것 같네요.

물론이죠. 디지털카메라만으로는 결코 담을 수 없는 필름카메라만의 독특한 표현의 세계가 분명히 있으니까요. 더군다나 자기의 마음을 빛으로 채우는 것은, 사실 사진 찍는 일보다 더 어려운 일이죠.

그 말씀을 들으니 좀 부끄럽네요. 제게는 아직 없는 것이 더 많거든요.

괜찮아요. 대신에 나와 대화하면서 빛나는 마음의 인증샷을 넘칠 정도로 이미 가지고 있으니까요. 나머지는 서서히 하나씩 채워 나가면 되죠.

와, 마음의 인증샷이라니! 솔선생은 마음을 찍는 사진작가세요.

이것 참, 오늘은 비행기를 자주 타네요. 고마워요.

7

도토리와 옹치

솔선생, 안녕하세요?
네, 어서 오세요.

오늘은 김밥을 가져왔는데, 혼자 먹기가 죄송하네요.
괜찮아요, 나도 김밥을 좋아하니까요.

솔선생이 김밥을 좋아한다고요?
아주 좋아하죠.

어떻게 드실 건데요?
김밥을 꺼내 보면 곧 알 것입니다.

여기 김밥을 꺼냈어요.

내가 먹을 김밥을 조금 줘 보세요.

네, 여기 있어요. 참치김밥입니다.

아, 더욱 잘됐네요. 이리 주세요.

설마, 진짜 드시려고요?

그럼요. 내 위를 보세요.

다람쥐 가족이 있네요.

네, 겨울 양식이 부족해서 많이 야위었죠.

아하, 그러니까 이 김밥은 다람쥐 가족의 한 끼 식사군요.

그래요. 사람들이 참나무를 많이 베어버린 탓에 올겨울에는 도토리가 턱없이 부족했죠.

저런, 그런 일이 있었군요. 김밥을 더 많이 가져올 걸 그랬어요.

아니요. 이 정도면 충분해요.

솔선생은 김밥을 안 드실 거죠?

먹은 걸로 하죠, 뭐.

솔선생은 배고프지 않나요?

나는 가만히 숨 쉬는 것만으로 배가 부릅니다.

저도 그럴 수 있다면 좋겠어요.

사람은 숨만 쉬고 살 수는 없어요. 다람쥐도 그렇고요.

왜 참나무를 베었을까요?

화목(火木)으로 쓰려고요. 일부는 버섯을 재배하려고 그랬다죠. 이 때문에 다람쥐 가족이 애꿎은 피해를 보고 있죠.

아, 전에 읽었던 법정 스님의 글이 생각납니다. 다람쥐가 겨울 식량으로 저장해 놓았던 도토리를 근처에 살고 있던 스님이 다 꺼내 가자, 그의 신발을 물고 다람쥐 가족이 모두 죽었다는 이야기였죠.

도토리가 사람에게는 간식거리에 지나지 않지만, 다람쥐 가족에게는 추운 겨울에 없어서는 안 될 생명의 양식이었던 것이죠.

다람쥐의 귀여운 모습만 보다가 저 김밥 먹는 다람쥐 가족을 보니 부끄럽기만 하네요.

너무 그렇게 미안해할 필요가 없어요. 이미 김밥을 저들의 양식으로 주었잖아요. 크든 작든 남에게 뭔가를 줄 수 있다는 것은 참 좋은 일입니다.

솔선생도 혹시 저에게 받고 싶은 것이 있습니까?

나는 남에게 받는 것보다 주는 것에 더 익숙한 편이죠.

이제 보니까 솔선생은 마음 부자이시군요.

과찬입니다. 일찍 자고 일찍 일어나면서 게으르지 않게 살려고 노력할 뿐이죠.

솔선생은 욕심이 없으니 분명히 장수하시겠죠?

그래야지요. 내친김에 장수의 비결을 하나 알려 줄까요?

네, 알려주세요.

장수하려면, 마음속에 옹치(雍齒)가 없어야 합니다.

무슨 말씀인지 잘 모르겠어요. 옹치(雍齒)가 뭐죠?

늘 싫어하고 미워하는 사람을 가리켜서 옹치(雍齒)라고 하죠.

만약, 어떤 사람이 자기는 한 사람도 옹치(雍齒)가 없다고 한다면 거짓말이겠죠?

맞아요. 누구나 싫어하고 미워하는 사람이 한 사람은 있게 마련이죠.

그러니까, 미움을 버리고 화평하게 살라는 말씀인가요?

네. 그러면 누구나 행복하게 살면서 장수할 수 있어요.

그럼, 몸이 아픈 사람들도 장수할 수 있나요?

물론이죠. 마음이 화평하면 숨 쉬는 것도 한결 편안하겠죠. 설령, 몸이 죽을 정도로 아픈 사람이라고 할지라도, 묵은 옹치(癰齒)를 내려놓으면 회복이 빠르겠죠.

건강과 장수를 바라는 사람들에게는 희소식이겠네요.

네, 나는 사람들이 모두 건강하고, 행복하게 장수했으면 좋겠어요.

8

모기 퇴치

솔선생 안녕하세요?

네, 어서 오세요.

제가 솔숲에 너무 자주 오는 것 아닌가요?

아니요, 나는 대화하는 것이 늘 기쁘답니다.

그렇다면 다행이네요. 저는 솔선생이 편하게 대해 주셔도, 한편으로는 제가 실수라도 한 것이 없는지 늘 조심스러워요.

아, 그런 걱정은 전혀 안 해도 돼요. 여러모로 바쁠 텐데, 짬을 내서 찾아와 준 것만 해도 얼마나 고마운지 몰라요.

그렇게 생각해주시니, 감사해요.

자, 기분 좋게 우리 모기 이야기나 한번 해 볼까요?

네? 모기에게 물린 얘기 빼고, 모기에 대해서 더 할 얘기가 있나요?

많이 있죠. 모기에게 물려서 많이 고생했는가 본대, 모기에게 안 물리는 방법이 뭔지 알아요?

제가 모기가 싫어서 별걸 다 해 봤지만, 결국 두손 두발 다 들었죠.

어떻게 했는데요?

글쎄, 동네 어르신이 쑥 향을 몸에 바르라고 해서 그렇게 해 보기도 했고, 박하 향을 바르면 좋다고 해서 진하게 발라 보기도 했죠. 심지어 치약까지 발라 봤어요.

아니, 좋은 모기향이나 분사형 모기약도 많은데, 왜 하필 그렇게 고생했어요?

솔선생 곁에까지 와서 제가 인공적인 모기향 냄새를 풍기는 것은 예의가 아니라고 여겼죠.

그것참, 별난 예의를 다 생각하네요. 그래서 모기는 안 물렸어요?

웬걸요. 모기들이 사방에서 달려들어 더 많이 물렸어요. 제가 가만히 생각해 보니까, 모기가 자기들끼리 키득키득 저를 비웃는 것 같았죠.

모기는 향에 민감해서 일시적으로 퇴치할 수는 있지만, 금방 그 향에 적응하죠. 그러니, 모기가 많은 곳에 온갖 향을 바르고 오면, 오히려 소문이 나서 모기에게 더 많이 물려요.

제가 그래서 자연요법을 포기했어요.
그러면, 모기 퇴치는 이제 체념한 건가요?

아니요, 여전히 진행 중이죠. 최근에는 커피나, 계피 향을 바른 적도 있지만, 결론은 그다지 신통치 못했어요.
그랬을 겁니다. 사실, 바르는 액체의 농도가 진하면, 어느 정도 모기 퇴치의 효과를 볼 수도 있겠지만, 자칫 잘못하면 모기가 아니라, 사람들에게 기피의 대상이 될 수도 있죠.

잡초와 전쟁해서 이기는 사람이 없듯이, 모기와 전쟁해서 이길 수는 없는 것 같아요. 저에게는 애당초 그것은 불가능한 싸움이었어요.
저런, 모기에게 단단히 시달리고, 뿔이 났군요.

네, 인생의 절반을 모기와 투쟁했다고 하면, 너무 과장이 심한 표현인가요?

그렇지는 않아요. 다들 모기는 싫어하니까요.

방법이 뭐가 없을까요?

있죠. 모기 없는 세상을 꿈꾼다면, 전혀 불가능한 것도 아니죠.

정말요? 저는 이래서 솔선생을 존경해요.

아, 또 비행기를 태우네요. 모기가 없는 세상을 꿈꾼다면, 꼭 이렇게 한번 해 보세요.

드디어, 모기 퇴치의 비법이 공개되는 것인가요?

사실은 간단해요. 첫째, 몸을 맑게 하세요. 둘째, 술을 멀리하세요. 셋째, 빛을 가까이하세요.

정말 간단한데, 이렇게 하면 모기를 물리칠 수 있어요?

네, 물론이죠. 다만, 조건이 딱 하나 있는데, 위 세 가지 사항은 동시에 발현될 때, 그 효과가 가장 좋다는 것이죠.

저는 다 알겠는데, 왜 술을 멀리하라고 하는지, 그것은 잘 모르겠어요.

아, 그것은 모기도 술을 좋아하니까요. 혈액 속에 술이 섞이면, 모기에게는 한바탕 칵테일 축제가 즉흥적으로 열리겠죠.

도시의 아파트에서는 한밤중에도 모기가 왱왱거려서 참 성가셔요.

그것은 모기가 도시 생활에 이미 적응했기 때문에 그래요. 원래는 모기도 사람과 똑같이 한밤중에 잠을 자는 편이죠.

맞아요. 제가 솔숲에 몇 번 와봤지만, 한밤중에는 정말로 모기가 없었어요.

네, 그렇다니까요. 다만, 새벽잠이 없는 사람과 밤늦도록 돌아다니는 사람이 더러 있듯이, 도시나, 솔숲에서도 야행성 모기는 충분히 있을 수 있답니다.

와, 솔선생은 모기 박사시네요?

그것은 아니고, 모기한테 시달렸던 사람들이 그동안 워낙 많아서 그 사연을 듣다 보니 저절로 알게 된 것이죠. 어때요, 이제, 기분 좀 좋아졌나요?

네, 그럼요. 솔선생의 말씀은 항상 간결하면서도, 뭔가 의미심장한 것 같아요.

그렇게 생각했다니 감사해요. 또 봐요.

2부

그립고 아쉬운 이야기

9

가뭄을 이기는 사람

솔선생 오늘은 일찍 갈게요.
왜, 무슨 일이라도 있어요?

아, 아닙니다. 요즘 솔선생에게 너무 많은 질문을 하는 것 같아
서요.
그런 일이라면 걱정하지 마세요. 나는 늘 대화가 즐거우니까요.

그러면, 하나만 여쭤볼게요. 사람은 다시 태어나기도 하나요?
네, 그렇죠.

좀 더 자세한 설명을 부탁해도 될까요?

물론이죠. 잠시 과거로 여행을 떠나볼까요?

네, 뭘 준비하면 되죠?.

특별히 준비할 것은 없어요. 워낙 유명한 이야기라서, 말하면 금방 알 것입니다. 기원전 860년쯤에 사마리아 지방에서 살았던 한 과부의 이야기랍니다.

아, 구약에 나오는 그 사르밧 과부 말씀인가요?

네, 맞아요. 그녀가 살았던 곳은 제법 큰 항구 도시, 두로와 시돈 사이였죠.

그런데, 왜 그녀는 먹을 것이 부족했을까요?

그것은 몇 해째 가뭄이 극심해서 곡식을 구하기가 하늘의 별 따기만큼 어려웠기 때문이죠.

그랬군요. 제가 알기로는 그때, 사르밧 과부가 항아리에 남은 마지막 곡식을 다 털어서, 엘리야 선지자를 대접했다고 들었어요.

맞아요. 그녀는 아들과 함께 먹어야 할 마지막 양식을 그에게 주었죠. 구차하게 하루 더 사는 것보다, 차라리 하나님의 사자에게 마지막으로 대접하고 죽는 것이, 더 낫다고 여긴 것이죠.

아, 지금도 그 이야기를 들으면 가슴이 찡합니다.

네, 언제 들어도 가슴이 먹먹한 이야기죠.

그 후에 사르밧 과부가 다시 태어났나요?

그래요. 바람이 전해준 말에 따르면, 그녀는 하나님께 이렇게 간청을 했다고 해요. "다시 태어난다면, 가뭄이 없는 세상에서 부자로 살 수 있도록 해주세요."라고 말이죠.

그녀는 끔찍했던 가뭄과 기근에서 벗어나고 싶었던 것이죠?

그럼요. 그런데, 그녀가 다시 태어난 곳은 놀랍게도 한국의 남쪽 바닷가였어요.

그런 일이 정말로 있었나요?

네, 물론입니다. 그녀는 전생의 트라우마 때문인지 몰라도, 물질적인 축복에 집착했어요. 그래서 넘칠 정도로 많은 부를 쌓았고요.

그것 잘됐네요. 그녀가 전생에 비해서 부자로 산다니까 정말 다행이네요.

네, 그녀는 무화과 농장을 여러 개 가지고 있었는데, 주변에는 소규모로 무화과를 생산하는 사람들도 있었어요.

그들은 서로 친하게 지냈나요?

네, 서로 인사도 하면서 친하게 지냈죠.

전생에서 좋은 일을 하더니 모든 일들이 순탄하네요?

네, 하지만 기후변화 때문인지는 몰라도, 몇 년째 남쪽 지방에 가뭄이 들어서 물이 말랐어요. 그래서 식수는 물론, 농업용수를 구하기도 여간 어렵지 않았죠. 결국, 지하수에 매달렸어요.

지하수로 농사를 짓기에는 한계가 있을 텐데요?

그럼요. 지하수는 저수지나, 댐이 아니니까요. 그런데, 그녀는 가뭄에 대비해서 지하수를 대공으로 아주 깊게 팠어요. 그 덕분에 가뭄에도 별걱정 없이 물을 쏠 수 있었죠.

아, 그러니까, 그녀에게 가뭄과 기근에 대한 트라우마가 오히려 긍정적으로 작용한 셈이군요?

그렇죠. 불에 데어본 사람이 불을 더 무서워하니까요.

저는 그녀에게 무슨 일이 있을 것 같아서 조마조마했거든요.

그것참, 놀라운 기시감인데요.

그녀에게 무슨 일이 있었나요?

네, 가뭄과 기근으로 모두가 극심한 고통을 받을 때. 그녀에게

귀농한 지 얼마 안 된, 한 농부가 찾아왔어요.

무엇 때문에 찾아왔죠?
그는 가뭄에 대비한 것이 아무것도 없어서, 무화과 잎과 열매가 말라서 자꾸 노랗게 떨어지니까, 물을 부탁하려던 참이었죠.

다른 농가도 많이 있는데, 왜 그녀에게 왔을까요?
그들은 가뭄에 대비해서 지하수를 소공으로 얕게 팠어요. 돈이 없으니까요. 그것은 마치 작은 우물에 파이프를 연결한 것에 지나지 않았죠.

그러니까, 그들이 뚫은 지하수는 금방 말라버렸다는 말씀이죠?
네, 극심한 가뭄에 쓸 만한 정도는 아니었으니까요.

그럼, 지하수를 더 깊게 팠던 그녀는 아직은 여유가 좀 있었겠네요?
네, 그래서 소문을 듣고 귀농한 농부가 찾아온 것이죠.

그녀가 흔쾌히 물을 나눠주겠다고 했나요?
그래요, 자기도 한때는 가뭄에 시달렸던 적이 있었다면서 너무 걱정하지 말라고 했죠.

그 농부가 몹시 기뻤겠네요?

그렇죠. 하지만 사람 속은 아무도 모르는 법이죠. 그녀는 탐스럽게 익어가는 무화과 열매를 보고, 지하수를 최대한 끌어올릴 생각을 했죠. 그래서 며칠 뒤에 다시 찾아온 그에게 물을 나눠줄 수 없다고 했어요.

그 농부는 철석같이 믿고 있다가 날벼락을 맞은 셈이겠네요?

네, 인사치레로 한 약속이 극심한 가뭄에 무슨 효력이 있겠어요.

그녀가 많이 달라졌네요?

사람은 대낮에도 간혹, 실족할 때가 있죠.

전생에서 그녀는 많은 사람을 감동하게 했었는데, 참으로 아쉽네요.

네, 그녀는 무화과에 너무 집착한 탓에, 이웃은 물론이고, 전생의 기억마저 새까맣게 잊어버렸어요. 진실로 가뭄을 이기는 사람은 누구일까요? 마음에 생수의 강물이 흐르는 사람이 아닐까요?

그녀의 무화과 농사는 잘됐나요?

그게, 참 아이러니해요. 가뭄에 물을 잔뜩 준 것은 좋았는데, 무화과 열매가 크기만 크고 속이 비어서, 아무런 맛이 없었다고 해요.

10

갯벌

솔선생 안녕하세요?

어서 오세요.

지난번에 들었던 다람쥐 이야기를 SNS에 올렸더니 난리가 났
어요.

무슨 일이 있었는데요?

네, 다람쥐 가족이 불쌍하다고 각계각층에서 폭발적인 관심과
후원을 보내 주셨어요.

그건 아직도 사회가 건강하다는 신호죠.

어떤 분은 너무 가슴이 아파서 펑펑 울었다고 하고, 어떤 분은 앞으로 산에 가더라도 절대로 도토리를 줍지 않겠다고 했어요.

그것참, 좋은 소식이네요.

또 있어요. 다람쥐 갖다주라고 김밥과 사료를 박스로 보내왔어요.

아까, 올라오면서 가지고 온 것이 전부 김밥과 사료인가요?

네, 후원해준 것 중에서 일부만 가져왔습니다.

잘했네요. 다람쥐 가족이 알면, 몹시 기뻐할 것입니다.

그들은 어디에 있죠? 솔선생 위에는 안 보이네요.

그럴 겁니다. 그들이 조금만 더 기다려주었다면 좋았을 텐데, 배고픔을 견디다 못해서 산 너머로, 며칠 전에 이사 갔답니다.

아, 제가 좀 더 빨리 올 걸 그랬네요. 김밥을 하나씩 들고 맛있게 식사하던 그들의 모습이 자꾸 눈앞에 아른거려요. 그들은 잘 살고 있겠죠?

네, 너무 걱정하지 마세요. 다행히 그쪽에는 잣나무가 많으니까, 다람쥐 가족이 충분히 겨울을 버틸 수 있을 겁니다.

제발 그랬으면 좋겠네요.

모든 것이 잘될 겁니다. 이곳에서는 이사를 오고 가는 것이 흔히 있는 일입니다.

솔선생은 참 담담하시군요.
네, 나무나 바위는 좀 담담한 편이죠.

저는 솔선생이 늘 푸르고, 화평하게 사시는 모습이 좋아요.
그렇지만, 나도 희로애락을 느끼죠. 단지 밖으로 표현을 잘 하지 않을 뿐이랍니다.

겸손의 말씀이세요. 솔선생은 진실로 군자십니다.
감사요. 사실, 군자는 따로 있어요.

네? 그가 누군데요?
갯벌을 혹시 아시나요?

꼬막과 낙지가 많다는 신안, 무안 갯벌과 보성, 부안 갯벌을 말씀하신 것인가요?
네, 강화도나 서천 갯벌도 유명하죠.

갯벌이 군자라는 얘기는 금시초문인데요?
아마도 그럴 겁니다. 사람들은 갯벌보다 갯벌에서 얻는 것에

더 관심이 많죠.

솔선생은 갯벌과 친하십니까?
물론입니다. 그는 나보다 한참 더 어른인데요, 언제나 은은한 미소를 띠고 있죠.

세상에, 솔선생이 감탄할 만한 존재가 있다니, 믿어지지 않아요.
세상은 넓고, 숨은 실력자가 많답니다. 갯벌도 그중에 하나죠.

갯벌의 어떤 점이 그렇게 솔선생의 마음에 듭니까?
그는 나이가 많은데도, 푸른 하늘을 마주 보면서 살아서 그런지, 무척이나 동안(童顔)이죠.

그것은 갯벌의 건강한 모습이 틀림없지만, 군자의 모습과는 좀 거리가 있어 보이는데요.
하지만, 그것은 그를 잘 몰라서 하는 소리입니다. 그는 육지에서 흙탕물이 밀려와도 동요하는 법이 없죠.

저는 아직도 잘 모르겠어요.
잘 생각해 보세요. 그는 육지에서 밀려오는 온갖 쓰레기를 장마 때마다 뒤집어쓰지만, 한 번도 노여움을 드러낸 적이 없어요.

그는 오히려 육지를 향해서 시원한 바닷바람을 보내면서 장마에 시달렸던 사람들의 마음을 위로하곤 하죠.

이제 좀 알 것 같아요. 갯벌은 남을 탓하지 않고, 묵묵히 밀물과 썰물에 몸을 씻으면서 오랜 세월을 지내왔군요.

맞아요. 갯벌의 저 무한한 인내와 사랑은 비교할 대상이 없죠. 갯벌에서 사는 꼬막, 고동, 소라, 조개, 낙지, 짱뚱어는 물론이고, 온갖 새들과 파래와 감태까지, 언제봐도 그들은 항상 행복한 얼굴을 하고 있죠.

아, 갯벌은 정말로 생명의 보금자리이군요. 솔선생이 과연 칭찬할 만합니다.

네, 갯벌은 진실로 모든 것을 다 포용하는 군자입니다.

11

밀물과 썰물

솔선생 안녕하세요?

어라? 며칠 전에 왔잖아요?

네, 궁금한 게 있어서요.

이거 긴장되네요.

아, 그런 게 아니고요. 접때, 갯벌이 솔선생보다 더 어르신이라고 해서, 왜 그런지 잘 몰라서요.

생각해 보니, 그럴 수 있겠네요. 갯벌의 검은 머리와 피부가 워낙 젊게 보이니까요.

네, 맞습니다. 솔선생은 어떻게 제 마음을 족집게처럼 잘 아세요?

그럼, 심리 상담소 하나 차릴까요?

그러면 대박 날 거예요.

농담이죠? 이렇게 외딴곳까지 누가 와요?

하긴, 그도 그렇네요.

아까 하던 얘기를 마저 할게요.

네, 궁금해요.

그러니까, 검은 머리인 갯벌이 왜 나이가 더 많을까? 이거죠?

네, 맞아요.

사람은 검은 머리가 곧 젊음이죠. 그러니, 갯벌이 나보다 나이가 많다는 것을 잘 이해하지 못할 수 있어요.

저는 솔선생의 나이도 족히 3백 년이 넘은 걸로 알고 있거든요.

그건 그래요. 그렇지만 갯벌은 쥐라기 때 형성되었으니, 나이로 따지면 어른 중에서 상 어른이죠.

아, 그렇게 나이가 많아요?

네, 사실입니다. 그보다 더 오래됐을 수도 있고요.

저는 갯벌의 나이가 넉넉잡아서 한 100세쯤 되는 줄 알았습니다.
그것도 무리는 아니죠. 그의 건강한 모습을 보면, 누구나 100세 안팎으로 생각할 겁니다.

아무튼 두 분은 장수하시니까 좋겠어요.
고마워요.

부럽군요. 사람은 100세가 넘으면, 뉴스의 주인공이죠.
네, 예부터 오복(五福) 중 하나니까요.

맞습니다. 사람들은 누구나 오래 살고, 부귀를 누리고, 자식들이 많고, 건강하게 살기를 원하죠.
말하자면, 오랫동안 잘 살기를 바라는 것이죠.

아, 저도 그랬으면 좋겠어요.
잘 될 겁니다. 나도 함께 응원할게요.

감사합니다. 저는 인생이 연극일지라도 이왕이면, 왕이나 왕비로 출연하고 싶어요.
오호, 솔직해서 좋네요.

놀리지 마세요. 저는 열심히 공부해서 꼭 대기업의 CEO가 될 것입니다.

나쁘지 않아요. 뭐든지 열심히 하는 것이 좋죠.

죄송하지만, 오래 살면 뭐가 좋아요?

미안하지만, 왜 CEO가 되려고 하죠?

아, 솔선생의 물음은 단순히 오래 산다거나, CEO가 됐다고 해서 성공한 인생은 아니라는 것이죠?

네, 심리 상담소 차려야 할 사람은 따로 있네요.

자꾸 놀리지 마세요. 사람들이 살면서 진짜 알아야 할 것이 있다면, 무엇일까요?

'사람은 무엇으로 사는가?'는 톨스토이가 전문가인데, 어쩌죠?

저는 솔선생의 말씀을 더 듣고 싶어요.

나야 뭐 '항상 푸르게 사는 것'을 권하죠.

네, 마음에 새겨 둘게요. 그런데, 갯벌 어른은 뭐라고 말씀하실까요?

잠깐만요. 내가 갯벌 어른께 한번 여쭤보고 알려 줄게요.

그렇게 빨리 가능해요?

그럼요. '밀물과 썰물에 순응해서 사는 것이 좋다.'고 말씀하시네요.

아, 말씀은 매우 간단한데, 많은 생각을 하게끔 하네요.

네, 갯벌 어른은 무심한 듯하면서도 생각이 깊어요.

정말로 우리의 삶은 밀물과 썰물 그 사이 어디쯤인 것 같아요.

네, 밀물과 썰물에 익숙해지면서 다들 어른이 되는 것이죠.

12

외롭고 힘든 길

솔선생, 안녕하세요?

네, 어서 오세요.

아이고, 오늘은 숨이 차네요.

양손에 들고 온 것은 뭔가요?

이거요? 고구마예요.

웬 고구마를 그렇게 많이 가지고 왔어요?

네, 여기 오다가 어떤 할머니의 짐을 들어주었더니, 고구마를
이렇게 많이 주시네요.

아, 그 할머니가 정이 좀 많은 편이죠

그런데, 그 할머니는 지금 혼자 사시는 것 같던데요?
그녀의 남편이 일확천금을 벌겠다며 논밭마저 다 팔고, 도시로 훌쩍 떠났으니까요.

그래서 돈을 많이 벌었나요?
처음부터, 딴 마음먹고 도시로 떠난 것이죠.

아, 그 할머니는 혼자 살면서 원망을 많이 했겠네요?
네, 하지만, 그녀는 천성이 착해서 오히려, 못난 팔자 탓이라며 웃어넘겼죠.

마음이 선한 사람이 복을 받는다고 했는데, 꼭 그렇지도 않은 것 같네요.
그래요. 마음이 아무리 선해도 시련을 피할 수 없을 때도 있죠.

그런 경우가 정말 있을까요?
네, 조선 중기에 이옥봉(李玉峯)은 왕손의 서녀(庶女)로 태어났고, 승지로 지낸 조원(趙瑗)의 첩이었어요. 그런데, 이웃집 여인의 억울한 사연을 듣고서 시를 한 수 써준 것이 화근이 되어 조원과 이별하게 되었죠.

아니, 시를 써 주었다고, 어떻게 그럴 수 있나요?

네, 조원은 남의 사건에 자기가 얽히는 것이 싫었던 거죠. 게다가 이옥봉은 그에게 시를 함부로 쓰지 않겠다고 미리 약속까지 했으니, 어쨌든 쫓겨날 명분은 성립되는 셈이죠.

그래서 이옥봉이 정말로 쫓겨난 건가요?

그렇죠. 이웃집 여인의 남편은 이옥봉의 시 덕분에 감옥에서 풀려났지만, 정작 그녀는 조원의 집에서 쫓겨나야 하는 신세가 되었죠.

그녀는 일이 이렇게까지 커질 줄 몰랐을까요?

아니요. 충분히 짐작했겠죠.

그렇다면, 자신이 어떻게 될지 잘 알면서도 시를 써 주었다는 건가요?

네, 그렇죠. 선한 마음을 지닌 사람은 가끔 남의 운명과 자기의 운명을 아무런 조건 없이 바꾸기도 하니까요. 설령, 그것이 밑지는 장사처럼 보일지라도 말이죠.

그러면, 혼자가 된 그녀는 잘살았을까요?

아니요, 그걸로 끝이었어요. 그녀는 너무 외롭고 힘들어서, 자신의 처지를 시로 몇 수 남겼다고 해요.

平生離恨成身病(평생이한성신병)

평생 이별의 한이 몸에 병이 되었고

酒不能療藥不治(주불능료약불치)

술로 달랠 수도, 약으로 고칠 수도 없어서

衾裏泣如氷下水(금리읍여빙하수)

얼음장 아래 흐르는 물처럼 이불 속에서 울었다네

日夜長流人不知(일야장류인부지)

밤낮으로 흐르는 긴 눈물을 사람들은 알지 못하리

정말, 그녀의 시에 구구절절한 외로움이 사무치고 있군요?

남을 돕기 위해서 시를 한 수 써준 대가치고, 너무나도 가혹한 시련을 겪은 것이죠.

남을 돕기 위해서 손만 조금 내밀었어도 간단히 해결될 수 있었는데, 전혀 그러질 못해서 안타까웠던 일이 최근에도 있었죠.

말하자면, 남의 아픔이나, 고통을 외면했다는 건가요?

네, 시험 시간에 한 학생이 갑자기 바닥에 쓰러졌는데, 아무도 선뜻 나서지 않았다고 해요. 왜냐하면, 더 좋은 학점을 따기 위해서 다들 한눈팔 시간이 없었으니까요.

그것이 장차 미래 사회를 이끌 지식인의 모습이라고 한다면, 조금 씁쓸하네요.

어쩌면, 저도 그중에 한 사람일 수 있으니까 몹시 부끄럽네요. 전에 드라마 '허준'에서 그는 과거시험까지 포기하면서 환자를 살리려고 했으니까요.

네, 그래서, 한때 '허준' 열풍이 불었죠.

세상이 점점 개인주의 사회로 변하는 것 같아요.

네, 과거에 비해서 인정이 약화 된 것은 사실이죠.

무슨 희망이 될 만한 것이 없을까요?

시간이 된다면, 갯벌에 자주 가 보는 것도 좋겠죠.

갯벌 체험을 하라는 말씀인가요?

그것은 먹기 위한 체험이고, 내 말은 갯벌에 가서 비울 것은 비우고, 채울 것은 채우라는 말이죠.

무엇을 비우고 채워야 하죠?

마음에 병든 것은 갯벌에서 썰물과 함께 버리고, 갯벌의 생명력 넘치는 것은 밀물과 함께 마음 가득히 채워야 하겠죠.

그런 점에서 볼 때, 한국의 갯벌이 세계 자연유산으로 인정받게 된 것은 정말 잘된 일이죠?

네, 그래요. 갯벌은 밀물과 썰물이 한 호흡일 정도로 느리게 사

는데, 나는 갯벌의 이런 느리게 살기야말로 가장 소중하게 여겨
야 할 숨겨진 가치라고 봐요.

13

삼학도(三鶴島)

솔선생은 좋겠어요.

아니 뜬금없이 그게 무슨 말이에요?

솔선생은 시험이 없죠?

네, 없어요.

그래서 부러워요. 저도 시험이 없는 세상에서 살고 싶거든요.

예전에도 그런 소리를 했던 선비들이 많았죠.

네? 정말인가요?

그럼요. 조선시대 선비들이 셋 이상 모이면 꼭 하는 말이 있었죠.

제가 알기로는 조선시대 선비들은 오직 공부만 했다고 하던데
요.

물론, 그런 경우가 다수이기는 했죠.

그러니까 선비들이 과거를 보기 위해서 조용한 산사를 찾았다
는 말은 사실이군요?

**네, 그래요. 목포에 가면, 지금도 그런 이야기가 사람들에게 많
이 회자하고 있죠.**

어떤 이야기인지 궁금한데요?

**어느 날, 한 선비가 유달산에 있는 작은 암자에서 과거를 준비
했다고 해요. 그는 눈에 불을 켜고, 오직 공부에만 매달렸다고 하
죠. 붉은 진달래꽃이 흐드러지게 피었어도 그의 마음은 전혀 흔
들림이 없었다고 해요.**

그 선비가 당연히 과거에 급제했겠네요?

아니요. 그 선비에게는 그를 연모하는 세 여인이 있었답니다.

아, 그가 여복이 참 많았군요.

**그렇지만, 그건 오히려 불행이었죠. 어느 날, 그 세 여인이 암
자까지 그를 찾아왔으니까요.**

당연히 그 선비의 마음에 파문(波紋)이 일어났겠죠?

맞아요. 걷잡을 수 없을 정도로요.

그 선비는 더 이상 공부하기가 어려웠겠는데요?

그렇죠. 궁벽한 암자에서 오직 공부만 하려고 했던 초심이 그만 흔들린 것이죠.

세 여인이 무척이나 아름다웠던가 보네요?

네, 그랬다고 해요.

솔선생의 이야기는 언제나 흥미진진합니다.

좀 쉬었다가 얘기해줄까요?

아니요. 궁금해서 마저 듣고 싶어요.

세 여인은 처음에 암자에 와서 그 선비의 공부하는 모습만 살짝 보고 돌아가려고 했답니다. 당시의 관습이 그랬으니까요.

그러니까, 세 여인도 처음에는 몹시 행동거지를 조심했겠군요.

그렇죠. 그런데, 그는 사랑의 회오리바람에 더 이상 자신이 휩쓸리는 것을 원치 않았어요. 그래서 세 여인에게 정중한 부탁을 했답니다. 과거시험 이후에 다시 보자고 말이죠.

세 여인이 그의 요청에 동의 했나요?

네, 그녀들도 정경부인(貞敬夫人)의 꿈이 있었을 테니까요.

그들은 꽤 현명한 선택을 했군요.

그렇죠. 과거급제가 더 중차대했던 것은 사실이니까요.

그 후에 그들이 행복하게 살았는지 궁금하군요.

좀 슬픈 얘기지만, 세 여인은 바람이 무척 세게 부는 날인데도, 그 선비와 약속을 지키려고 무리해서 배를 띄웠답니다. 그러나 거센 풍랑으로 인해서 그들은 모두 바다에 빠져서 죽었는데, 학이 되어서 유유히 날다가 유달산 아래에서 잠시 머물렀어요. 그곳이 바로 지금의 삼학도(三鶴島)라고 해요.

아, 마무리가 좀 슬픈 전설이군요. 학이 돼서도 그 선비에게 곧장 날아가지 않는 것은 생전의 약속 때문이겠죠?

네, 약속은 약속이니까요.

참, 애절한 사연이군요. 어쩐지 학 울음소리를 들으면, 좀 구슬프게 들리더라고요.

네, 천년을 장수하고, 신선이 타고 다닌다는 학이지만, 그런 감춰진 사연이 정말로 있었다면, 그 울음소리가 구슬프게 들리는 것이, 어쩌면 당연한 일이겠죠.

참, 조선시대 선비들이 셋 이상 모이면, 꼭 했다는 말이 뭔가요?

별것 아닙니다. 늙은 버드나무 아래 평상에서 모주 한잔에 호박잎 보쌈을 먹고, 동산에 달이 뜰 때까지, 낮잠을 한번 실컷 자보는 것이죠.

한가로움의 극치가 따로 없군요?

그래요. 지금도 이런 소망은 여전히 유효하죠.

아, 빡빡한 현실에서 벗어나고 싶은 욕망은 예나 지금이나 매한가지인 듯하네요.

네, 한 번쯤 그런 몽상을 꿈꾸는 것이, 때로는 즐거운 일 아니겠어요?

14

단자놀이

솔선생, 안녕하세요.

네, 어서오세요.

솔선생 덕분에 보름달을 구경하네요.

네, 천천히 쉬면서 달구경 실컷 하고 가세요.

저 달을 보고 있으니까, 뭔지 모르지만 어떤 그리움 같은 것이 느껴지네요.

보름달을 보면, 다들 감상적인 편이죠.

달빛은 예나 지금이나 변함이 없죠?

맞아요. 항상 변함없이 우리를 비추고 있죠.

저 달에 비하면, 인생은 참 덧없는 것 같아요.

그래서 이백(李白)은 밤에 불을 밝히고, 달빛을 술잔에 채우려고 했죠.

그러고 보니까, 새해에 일출을 보려는 사람들은 많은데, 정월 보름에 달구경 하는 사람들은 많지 않네요.

시대가 변했으니까요. 예전에는 달구경을 더 많이 했죠.

정말요?

네, 달을 보면서 누구나 아름다운 꿈을 꾸곤 했죠.

그런데, 요즘에는 왜 시들해졌을까요?

일출에 밀리고, 먹거리에 치였기 때문이죠.

솔선생 말씀을 들으니, 달구경 하는 것이 마치 감성의 마지막 보루처럼 느껴지네요?

네, 가슴에 달을 한 아름 품고 사는 세상이, 더 부드럽고 아름답기 때문이죠.

사람들을 다시 달빛 아래로 모이게 하는 방법은 없을까요?

그것은 요즘 사람들이 잘 몰라서 그렇지, 사실은 오래전부터 있었죠.

저는 그게 무엇인지 잘 모르겠어요.

그렇겠죠. 정월 보름날에 '단자(單子)놀이'라고 들어봤어요?

아니요. 처음 듣는데요.

주로 남쪽 지방에서 정월 보름날에 있었던 놀이죠.

혹시, 꼴 베는 낫과 관련된 것인가요?

아니요. 단자는 상대방에게 원하는 품목을 알리려고 종이에 쓴 글이었죠. 또한, 단자놀이에서는 제짝을 잃고, 혼자 남은 못생긴 접시를 말하기도 했죠. 그래서 사람으로 치면, 마을에서 제일 못난 사람이나, 불우한 사람을 빗대어 가리키기도 했어요.

정월 보름에 왜 단자놀이를 했을까요?

네, 대보름날 하루 전에는 사방에 불을 밝혀서 어둠을 쫓아내는 풍습과 함께, 그날만큼은 단자와 같이 불우한 사람도 명절답게 잘 지내기를 바라는 마음이 있었기 때문이죠.

어떻게 놀았는데요?

대보름이 되기 전날에 마을 사람들은 집안 형편에 따라서 음식을 장만했는데, 단자놀이 때문에 음식을 조금씩 더 만들었어요.

그러니까, 남이 먹을 음식까지 준비했다는 거네요?

맞아요. 마을에서 밤이 깊어가면, 달빛을 등불 삼아서 마을에 사는 청년들과 소년들이 잘사는 집에 살금살금 다가가서, 마루에다가 대바구니 석작을 놓고 오면 되는 것이죠.

놀이치고는 좀 싱거운데요.

그렇지 않아요. 방 안에 있던 사람들은 밖에 누가 왔다 갔는지 전혀 모를 테니까, 밖에서 멀리 떨어져서 "단자요", "단자, 왔어요"하고 일제히 소리를 질렀답니다.

그러면, 흔쾌히 장만한 음식을 나눠주었나요?

물론이죠. 그건 마을 사람들끼리의 묵계(默契)였으니까요.

부잣집일수록 먹을 것이 많았겠네요.

네, 심지어 무엇이 석작에 담겨서 나올지 사전에 훤히 꿰뚫고 있었죠.

어떻게 남의 집의 음식을 그렇게 잘 알 수 있죠?

간단해요. 단자를 갔던 친구 중에는 그 부잣집 아이도 있었으니까요. 좀 아닌 말로 음식이 야박하면, 온갖 구박은 그 아이가 다 뒤집어써야 했으니, 부모로서 무심할 수가 없었죠.

단자놀이의 볼모인 셈이네요?

뭐, 그 정도는 아니고, 서로 인정으로 하는 놀이이니까, 석작에다 음식을 야박하게 넣지는 않았죠.

그 음식을 가지고 마을 청년들과 소년들이 맛있게 먹었겠네요?

네, 그리고 명절날 보름에도 음식을 장만하지 못한 사람이 있다면, 단자에 음식을 차려서 조용히 건네주곤 했지요.

그럼, 단자에 음식을 받은 사람도 명절 음식을 잘 먹었겠네요?

맞아요. 대보름날에 불 꺼진 집도 단자놀이를 통해서 명절 음식을 먹을 수 있었죠.

아, 가슴이 뭉클하네요.

네, 마을 어른들은 모든 일을 알면서도, 단자를 받은 사람의 체면을 생각해서 짐짓, 모른 척 후원자 역할만 했죠.

단자놀이는 마치 보름달처럼 참 좋은 풍속이었군요?

네, 그러나, 지금은 거의 자취를 감췄죠. 그렇지만, 어떤가요?
지금도 달빛 아래에 다들 모여서 "단자요"하고 외치는 소리가
그 어디쯤에서 들리는 것 같지 않아요?

15

대설주의보

솔선생, 안녕하세요?

어서 오세요.

눈이 제법 많이 왔어요.

네, 오는 길이 힘들지 않던가요?

네, 오랜만에 뽀드득, 뽀드득, 소리를 들으니 좋던데요.

그렇다면, 다행이네요.

온 세상이 눈에 덮이니까 뭔가 느낌이 달라요.

그렇겠죠. 눈은 사람을 아름답게 변화시키는 신비한 힘이 있죠.

솔선생은 눈이 친구니까, 더욱 그렇겠네요?

네, 눈이 수북이 쌓이는 것도 볼만하고, 눈이 다 녹을 때까지 그에게 새로운 소식을 짬짬이 듣는 것도 여간 재미난 일이 아니죠. 그런데, 춥지는 않은가요?

네, 그러고 보니 따뜻한 차라도 한잔 마시면 딱 좋겠어요.
"여기 방금 우려낸 뜨거운 녹차 한잔 대령이요."

"아아, 솔선생이 주는 녹차 맛은 언제 마셔도 일품이네요."
아, 좋아요. 눈이 오는 날은 주거니 받거니, 이런 농담이 제격이죠.

이게 다, 솔선생에게 해학을 어깨너머로 배운 덕분입니다.
아, 오늘은 일찍부터 비행기를 태우네요.

참, 눈이 내리면, 솔선생은 무엇을 하시는가요?
지금처럼 찾아온 손님과 대화를 나누죠.

그것 말고 다른 것은 없나요?
네, 눈이 수북이 쌓이면, 나는 이곳에서 꼼짝도 하지 않아요.

눈 때문에 발이 꽁꽁 묶이는 것은 사람만이 아니군요.

그럼요. 주위를 빙 둘러서 한번 보세요. 아무 발자국도 없죠?

정말, 그렇네요.

눈이 워낙 많이 내리면, 조금만 걸어도 많이 힘들죠. 그래서, 이곳 솔숲에 사는 친구들은 이럴 때면, 다들 쉬려고 하는 편이죠.

폭설이 오히려 이곳 친구들에게 휴식을 선물한 셈이네요?

그렇죠. 좀 이상하게 들릴지 몰라도 공휴일이 하늘에서 막 쏟아진 것이죠.

대설주의보가 항상 나쁘지는 않네요?

네, 그래요.

저는 눈 때문에 솔숲 친구들이 고생이 심할 줄 알았어요.

걱정해줘서 고마워요. 이곳 친구들은 대설 때에도 모두 힘을 모아서 잘 견디는 편이죠.

아까, 저에게 눈이 전하는 소식도 있다고 말씀하셨는데, 뭐가 있는지 궁금하네요.

그러면, 눈 이야기를 하나 들려줄까요?

네, 뭔가 좀 기대가 되네요.

눈은 겉으로 보기에 차갑게 보이지만, 사실은 정이 많죠. 혹시 눈에 굴을 파고 놀아본 적이 있어요?

아니요. 그렇게 많은 눈은 본 적이 없어요.

그렇군요. 눈은 흔히 생각하는 것보다, 그 속에 있으면 오히려 좀 포근해요. 눈을 춥게 만드는 것은 매서운 바람 때문이죠.

아, 그래서 솔숲 친구들은 눈이 내려도 잘 견디는군요.

네, 그러나, 바람이 심하게 불면, 급격하게 온도가 떨어져서 견디기 힘든 것도 사실이죠.

그러면 눈과 바람의 함수에 따라서 솔숲 친구들의 표정이 달라지겠네요?

물론입니다. 여기서 조금만 위로 가면, 토끼네 가족이 살고 있어요. 사람도 그렇겠지만, 어린 토끼들은 눈을 처음 봤기 때문에 종종 굴 밖으로 나가기도 하죠. 아무래도 굴속은 답답하니까요. 그런데, 이게 화근이 돼서 아랫마을 사람들이 눈이 좀 내렸을 때, 그들 중, 막내를 잡아갔어요.

저도 어릴 때, 겨울에 그물을 치고 토끼몰이를 했던 적이 있는데, 솔선생 이야기를 듣다 보니 좀 미안한 생각이 드네요.

그랬던가요? 아무튼, 그 후에 토끼 가족은 밤새껏 울면서 생각한 끝에, 눈에게 바깥의 소식만 전하지 말고, 막내의 사연을 안다면, 사람들이 다닐 수 없을 정도로 눈을 펑펑 내려달라고 부탁했답니다.

아, 그래서 이번에 폭설이 내렸군요.
그렇죠. 마치 편의점의 1+1처럼 무지막지한 폭설이 내렸죠.

폭설로 당연히 인적이 끊겼을 테니까, 토끼 가족이 만세를 불렀겠네요?
네, 무척이나 좋아했죠. 눈을 보면서 감사의 눈물을 흘릴 정도로요.

그럼, 눈과 토끼의 행복한 결말이네요?
여기까지는 그래요. 문제는 토끼네 가족이 전혀 예상하지 못한 곳에서 터졌어요. 노루네 식구가 배고픔을 이기지 못하고 극심한 고통에 시달렸죠. 그들은 토끼네 식구를 볼 때마다 원망했지만, 이왕에 쌓인 눈을 어쩌겠어요.

그래서, 노루네 식구는 어떻게 됐어요?
네, 알다시피 토끼는 굴이 있으니까 폭설에도 견딜 만했지만, 노루는 무방비 상태로 견뎌야 했죠. 토끼네 가족이 미안해서 겨

울 식량으로 비축한 나뭇가지와 잎사귀를 내놓았지만, 그것으로
는 역부족이었어요. 그래서 노루네 가족은 뿔뿔이 흩어져서 거의
탈진 상태로 아랫마을까지 내려갔죠.

노루에게 위험할 텐데 마을에는 왜 내려갔을까요?
**그러게요. 너무 배가 고프니까 노루가 현실을 착각하지 않았
을까요? 아무튼, 시각보다는 최대한 후각에 집중하고, 맛있는 밥
냄새를 향해서 터벅터벅 걸었다고 해요. 죽더라도 실컷 먹고 죽
자는 심정이었겠죠.**

노루가 잡혔겠네요. 도망갈 힘도 없었을 테니까요.
네, 마을 사람에게 곧바로 잡혔죠.

마을 사람들이 앉아서 횡재했다고 좋아했겠는데요?
**천만에요. 정반대의 상황이 펼쳐졌어요. 노루에게 먹을 것을
오히려 내주었으니까요.**

어떻게 그럴 수 있죠?
**그게 말하자면, 인정이 아니겠어요? 예부터, 극심한 추위와 가
뭄 때는, 배고픈 짐승이 집으로 내려와도 함부로 잡지 않는 풍속
이 있었죠.**

아, 배고픈 사람이 배고픈 짐승의 처지를 더욱 잘 알기 때문이군요?

네, 그러니까 다들 한겨울의 폭설도 꾹 참고 견디는 것이겠죠.

16

달빛처럼 온 손님

솔선생 안녕하세요.

네, 어서 오세요.

저는 오늘 솔선생과 보름달을 보려고 옷을 두껍게 입고 왔어요.

잘했네요. 조금 있으면 보름달이 환하게 뜰 거예요.

예전에도 정월 보름날에 구경할 것이 많았나요?

네, 지금보다는 더 볼 것도 많고, 대보름날에 얽힌 이야기도 많았죠.

보름달이 뜨려면 시간이 남았으니, 제가 하나만 들을 수 있을까요?

그래요. 혹시 '개 보름 쇠는 듯하다.'는 말을 아세요?

명절날 개가 먹지 못하고, 쫄쫄 굶는 것을 말하는 것이 아닌가요?

맞아요. 잘 알고 있네요.

사실, 대답은 그렇게 했지만, 대보름 같은 명절에 개가 왜 굶어야 하죠?

대보름날 하루는 개를 굶겨야 그해에 질병도 없이 건강하게 잘 산다는 풍습 때문이죠.

아, 기억납니다. 그래서 제가 어렸을 때, 부모님이 개에게 먹을 것을 주지 말라고 했군요.

그렇죠. 그런데, 진짜 개에게 먹을 것을 주지 않았어요?

처음에는 그랬죠. 그런데, 개하고 눈이 마주치면서 도저히 먹이를 안 주고는 못 배길 것 같아서, 아무도 몰래 슬쩍 주었죠.

잘했네요. 그 속담은 원래 정월 보름날에 개를 굶기는 것과 아무런 관계가 없어요.

네? 그게 정말이세요?

그래요. 옛날, 어떤 마을에서 소문난 부자가 있었답니다. 그 부자는 세상에 부러울 것이 하나도 없을 만큼, 모든 것을 다 가지고 있었죠. 그런데, 딱 하나 없는 것이 있었어요.

그게 뭐였을까요?

다름이 아니라, 인정(人情)이 없었죠.

그렇다면, 그는 말만 소문난 부자이고, 무척이나 인색했겠네요?

네, 하루는 정월 대보름이 되기 전날에 허름하게 차려입은 웬 노인이 하얀 달빛을 등에 업고, 행랑채에 잠시 쉬어가기를 청했죠. 그런데, 그 부자는 하룻밤을 지내는 동안에 그 초라한 노인에게 쌀쌀맞게 대하면서 냉수 한 잔도 주지 않았어요.

그 노인이 좀 서운했겠네요. 대보름 전날이라면, 미리 장만한 음식이 많았을 테니까요.

아마도, 그랬겠죠. 사정을 보다 못해서 딸이 부친 몰래 밥상을 차려주었다고 해요. 다음날, 이른 새벽에 그 노인은 잘 쉬었다 간다면서, 마침 소피 보러 나온 부자에게 인사를 했어요.

그런데, 뭔가 결말이 좀 남은 것 같은데요?

눈치가 빠르네요. 그 노인은 부잣집 딸에게 저녁을 다 먹고 나서 이렇게 일러 주었어요. "부친의 천수(天壽)가 다 되어서 이제 거둘 때가 됐는데, 저녁을 잘 먹었으니, 내가 보답으로 한마디만 하리다. 만약, 부친의 천수(天壽)를 더 늘리고 싶다면, 집 안에 있는 고약한 개를 대보름날 하루만이라도 굶기도록 하세요."

노인의 말이 뭔가 오싹 한데요.
사실, 그 노인은 정월 대보름날에 그 부자를 데리러 온 저승사자였어요.

부자는 그것도 모르고 그를 박대했으니, 딸 덕분에 죽었다가 살아난 셈이네요?
그렇죠. 딸이 부친을 살린 것이죠.

아, 그렇게 해서 정월 대보름날에는 개를 굶긴 것이군요?
네, 그 후로 개를 대보름날이면 굶겼어요. 그런데, 그것은 많이 와전된 것이죠.

왜 그렇죠?
노인이 떠난 뒤에 딸의 말을 전해 듣고, 부자는 대번에 모든 것을 눈치챘어요. 그래서 부자는 대보름날에 온종일 굶었답니다.

부자가 딸의 이야기를 듣고, 왜 굶을 생각을 한 것이죠?

아직도 잘 모르겠어요? 저승사자라도 천수(天壽)를 함부로 바꿀 수는 없죠. 그것은 자기 소관이 아니었으니까요. 그래서 넌지시 천수(天壽)를 늘리는 방법을 말해준 것이죠.

아, 그래서 자기의 잘못을 뉘우치려고 부자가 하루종일 굶은 것이군요?

네, 맞아요.

부자가 어떻게 그 노인의 뜻을 단숨에 알았을까요?

네, 그 부잣집은 개를 키우지 않았거든요. 그 후에 부자는 크게 깨달은 바가 있어서 사람들에게 너그럽게 대하면서 오래오래 살았다고 해요.

그렇다면, 지금도 대보름날에 개를 굶기는 것은 왜죠?

네, 세월이 흐르면서, 애꿎게도 개를 굶기는 것으로 사실이 왜곡된 탓이죠.

3부

꿈과 현실이 만나는 이야기

17

마이동풍

솔선생 많이 춥죠?

네, 조금 춥기는 하네요.

옷을 가지고 와서 좀 감싸줄까요?

**고맙지만 사양할게요. 나는 두꺼운 수피(樹皮)를 두르고 있으니
괜찮아요.**

정말 괜찮아요?

**네, 주위를 둘러보세요. 나무마다 가지 끝에 겨울눈이 살아있
잖아요.**

그러고 보니 개울가에 있는 저 갯버들의 버들강아지가 서로 얼굴을 마주 보면서 하얗게 머리를 내밀고 있어요.
저 버들강아지의 얼굴이 더 하얗게 되면 봄이죠.

아무튼, 맨몸으로 겨울을 이기는 나무들이 대단합니다.
새 솔잎은 좀 추울 거예요. 처음으로 겨울을 맞이하고 있으니까요.

솔잎은 한겨울에 얼지 않나요?
네, 솔잎에 약간의 당분을 비축해서 겨울에도 얼지 않아요.

그 일이 힘들지는 않은가요?
늘 해오던 일이니까요. 꿀벌이 꿀을 모아서 겨울을 나는 것과 비슷하죠.

부지런하지 않으면, 겨울나기가 힘들 수도 있겠네요?
그렇죠. 안타깝지만, 봄이 오기 전에 이미 땅에 떨어진 솔잎도 많아요.

저는 여태까지 솔선생의 커다란 줄기와 가지만 봤지, 솔잎까지는 자세히 보지를 못했어요.
그럴 수 있죠. 내 키가 워낙 크니까.

큰 키만큼, 솔선생의 이야기보따리가 끝이 없는 것 같아요.

살다 보면, 누구나 이야기보따리를 하나쯤은 가지게 되죠.

솔선생과 대화를 모아서 책으로 낼까요?

그것도 좋지요. 하지만, 잘못하면 살짝 미쳤다는 소리를 들을 수 있으니까, 잘 생각하세요.

네, 알겠습니다. 고정관념을 깨뜨리는 것은 쉽지 않죠.

맞아요. 소나무와 대화를 했다고 하면, 친한 친구들도 슬슬 거리를 두겠죠. 사람들은 아무리 좋은 것이라 할지라도, 낯선 것을 피하려는 습성이 있죠.

저는 솔선생과 대화하면, 오히려 마음이 더 편하고 좋은데요?

그건 우리가 서로 친하니까 그렇죠. 나를 처음 만났을 때를 다시 떠올려 보세요. 소나무가 말을 한다고 얼마나 놀랐습니까?

네, 저도 처음에는 그랬죠. 서로 친하기 전에는 보고 싶은 것만 보고, 듣고 싶은 것만 들으려고 했어요. 만약, 솔선생과 마음 편하게 대화를 시작하지 않았다면, 제가 여기를 백번 천번 온다고 해도 달라진 것은 아무것도 없었겠죠.

사실, 처음 만났을 때, 내게 말을 거는 것은 쉽지 않죠. 하지만 어떤가요? 뭔가 더 풍부해진 것 같지 않은가요?

맞아요. 다른 것은 몰라도 할 얘기가 무척 많아진 것은 사실입니다.

아, 그렇다면, 내게도 그중에서 하나만 들려줄 수 있어요?

네, 저번에 모기 퇴치에 대한 솔선생의 말씀을 듣고, 제가 아는 사람들에게 그 비법을 소개했어요.

그래, 반응이 좋던가요?

대부분은 그냥 피식 웃거나, 빨리 정신 차려야겠다며 혀를 끌끌 찼죠.

주변에서 시원찮은 반응을 보이니까 내 원망을 좀 했겠네요?

아닙니다. 뜻밖에 폭발적인 반응도 있었죠.

아, 그래요? 모기 퇴치에 성공했나 보죠?

성공은 아니고요. 아무튼, 집 안에 있는 모기를 다 때려잡겠다며, 술을 잔뜩 사놓고 기다렸다고 해요.

그것은 내가 알려준 방법이 아닌데요?

네, 그것은 그 친구가 야심 차게 새로 개발한 방법이었죠. 그의 말에 따르면, 모기의 혈중 알콜 농도를 높이기 위해서 자기부터 도수 높은 술을 마셔야겠다며, 사물이 거꾸로 보일 때까지 계속

마셨다고 해요.

그러니까, 모기를 취하게 해서 비틀거리는 모기를 손쉽게 잡겠다는 거네요?

맞습니다. 그런데, 그 친구가 먼저 비틀거렸으니 모기가 잡힐 리가 있나요? 게다가, 모기들도 상황 파악을 하고, 절제하면서 그 친구를 물었는지는 몰라도, 취해서 날아다니는 모기는 한 마리도 없었다면서 웃더군요.

아, 그 친구의 입담도 보통이 아니네요. 재미난 얘기 잘 들었어요. 고마워요.

18

올챙이와 개구리

솔선생, 안녕하세요?

네, 어서 오세요.

시냇물 소리가 더 크게 들려요.

그래요, 봄이 다 온 듯해요.

겨울잠에서 깨어나야 하겠죠?

그래야지요.

솔선생도 혹시 꿈을 꾸나요?

물론이죠. 대낮에 바람도 없이 가지가 흔들릴 때, 십중팔구는

악몽을 꾸었기 때문이죠.

정말로, 꿈을 꾸는가 보네요?

네, 나뿐만 아니라, 솔밭 친구들과 큰 바위 어른도 꿈을 꾼답니다.

와, 놀라운 사실이네요. 그걸 어떻게 믿죠?

물론, 믿기 힘들 수도 있어요. 그렇지만, 엄연한 사실이죠.

누구나 믿을 수 있도록 설명해 주시면 안 될까요?

꿈속에서는 누구나 마음으로 대화하죠. 그래서 꿈꾸는 동안에 사람은 꽃과 나무는 물론이고, 바위와 산, 해와 별까지도 대화를 나눌 수 있죠.

그러니까, 꿈속에서 대화는 서로 마음을 주고받는다는 말씀인가요?

그렇죠. 꿈에서 마음이 없는 대화나, 존재는 있을 수 없죠.

'나는 존재한다. 그러므로 나는 꿈을 꾼다.'는 것이네요?

맞아요. 그래서 솔밭 친구들도 꿈을 꾸면서 살고 있죠.

이제 좀 알겠네요. 사실은 제가 며칠 전에 어떤 꿈을 꾸었어요.
무슨 꿈이었나요?

제가 사는 곳은 아니었는데, 어떤 실개천에 올챙이와 개구리가
많았어요. 한참 걷다 보니 그것은 사라지고, 단풍이 아름답게 물
든 산이었는데, 집이 몇 채밖에 없었고, 한두 사람이 망건을 쓰고
앉아 있는 것을 보았어요. 그런데, 안개가 끼면서 잠시 후에 다
사라졌죠.
그 꿈을 꾸고 나니까 기분이 어떻던가요?

좀 싱숭생숭했죠. 뭐랄까, 인생이 허무하다는 느낌이 들었죠.
**사람들은 꿈을 자주 꾸면서도, 대부분 꿈과 대화를 하지 못하
는 편이죠. 방금 그 꿈과 인생의 허무는 사실 별 관계가 없어요.
기분만 그렇게 느낄 뿐이죠.**

그렇다면, 좋은 꿈인가요?
**하루를 지내면서 있었던 일을 '좋다'와 '나쁘다'로 구별하기가
어렵듯이, 꿈도 대부분 복합적인 내용을 담고 있어요.**

올챙이와 개구리가 왜 보였을까요? 제가 혹시, 개구리 올챙이
적 생각을 못하고 있다는 뜻인가요?
그럴 리가 있나요. 올챙이와 개구리는 조만간 시비에 휘말려서

곤경에 처할 수 있다는 신호일 뿐이죠.

그러면 단풍이 아름답게 물든 산은 뭔가요?
이거, 오늘은 왠지 꿈 해몽 시간이 된 듯하네요.

앗, 저도 모르게 여기까지 왔네요. 죄송해요.
괜찮아요. 사실은, 나도 꿈 얘기를 좋아한답니다. 단풍이 아름다운 산은 정신적인 풍요를 뜻하죠.

그러면, 안개는 무엇인가요?
네, 그것은 인생의 허무가 아니라, 꿈이 끝날 때, 보여졌으니 상서로운 꿈은 여기까지만 보여주겠다는 것이죠.

결국, 제가 꾼 꿈은 시비를 조심하면, 정신적인 성장이 기대된다는 것이었군요.
그렇죠. 인생의 허무하고는 아무런 연관이 없죠.

이런 꿈도 제게 무슨 의미가 있을까요?
꿈에서 의미를 찾는 것은 꿈이 현실과 다르거나, 꿈이 현실이기를 바라는 마음 때문이죠. 그렇다면, 올챙이와 개구리는 전자에 가깝고, 아름다운 단풍은 후자에 가깝겠죠.

아, '꿈은 꿈이고, 현실은 현실이다.'는 말보다, '꿈과 현실은 서로 불가분의 관계이다.'가 훨씬 더 삶을 풍부하게 하겠네요?

그런 셈이죠. 꿈과 대화를 하지 않고, 밀폐된 현실에서 사는 것보다, 꿈과 소통하면서 의식을 확장하는 것이 삶을 더욱 풍요롭게 하겠죠.

마치, 제가 솔선생과 대화를 하는 것처럼 말이죠?

네, 현실이라는 이름으로 모든 것을 차단하면, 꿈은 다만, 담 너머의 한 현상일 뿐이죠, 꿈을 꾸기 때문에 우리는 존재하는 것일까요? 아니면, 우리가 존재하기 때문에 꿈을 꾸는 것일까요? 만약, 전자가 옳다면, 꿈을 차단하는 것은 심각한 자기 부정의 모순이죠.

꿈이 현실을 바꿀 만큼 실제로 영향을 끼쳤던 경우가 있었을까요?

호접지몽을 잘 알 것입니다. 장자가 나비가 되고, 나비가 장자가 되는 꿈이죠. 장자는 이 꿈을 통해서 물아일체를 체험했어요. 꿈에서 깨어난 그는 나비를 가까이했을까요? 아니면, 멀리했을까요? 꿈은 그의 삶을 통째로 바꾸기도 하죠.

19

고목 나무와 생수

솔선생, 안녕하세요?
네, 어서 오세요.

오늘은 꿈 얘기를 듣고 싶어서 일찍 왔어요.
오, 꿈 얘기가 괜찮았나 보네요?

제게는 놀라움 그 자체였죠.
어떤 것이 그랬나요?

전부 다였어요. 솔밭 친구들이 꿈을 꾼다는 것이나, 꿈에서 마음으로 대화하는 것이나, 솔선생의 풍부한 꿈 해설이나, 장자의 꿈이 함축하고 있는 의미 등등요.

내가 꿈 얘기를 그렇게 많이 했던가요?

네, 마치 봇물 터지듯이 말씀해 주셨어요.

사실, 꿈 얘기가 재미있긴 하죠.

그래서 말씀드리는 것인데요, 고구려 고분벽화에 나오는 사신도(四神圖)가 꿈을 그린 것인가요? 아니면, 현실을 그린 것인가요?

아, 샤갈이 그 정답을 알고 있지 않을까요?

회화적인 관점에서 보면, 꿈과 현실을 구분할 필요가 없다는 것인가요?

맞아요. 화가에게는 꿈이 곧 현실이고, 현실이 곧 꿈이죠.

그러니까, 사신도는 화가의 꿈과 현실이 모두 반영된 것이겠네요?

네, 그렇죠.

그렇다면 당시의 화가는 왜 사신도를 그리려고 했을까요?

그건, 권력자가 원했기 때문이죠.

무엇을 원했을까요?

분묘 주인의 혼이 사신의 도움으로 무사히 하늘로 올라가기를 바랐던 것이죠.

그것은 화가의 꿈과 아무 관계가 없는 것 같은데요?

그래요. 그것은 단지 권력자의 주문에 따라서 그린 그림에 불과했어요.

그렇다면, 화가의 꿈과 전혀 무관한 것이 되겠네요?

아무래도 주문에 따른 그림이라면 그렇겠죠. 하지만, 사신도를 최초로 알고 있었던 사람은 누구였을까요? 그가 만약 화가였다면, 그의 사신도에는 아마도 꿈과 현실이 다 나타나 있었겠죠.

저는 거기까지는 미처 생각을 못 했네요.

그럴 수밖에 없죠. 워낙 신비하기도 하고, 세월이 많이 흘렀으니까요.

그렇다면, 지금 유물로 남겨진 사신도는 꿈과 현실을 담은 본래의 모습과 다를 수도 있겠네요?

물론이죠. 본래의 사신도는 당시의 화가들도 직접 보지는 못했을 겁니다. 그들도 남에게 들었던 내용을 참고해서 그렸을 테니까요.

그렇게 추정하는 근거가 무엇일까요?

네, 사신도를 비교해 보면 금방 알 수 있죠. 똑같은 것이 하나도 없어요. 당시의 화가는 실력이 부족해서 고분마다 다르게 그렸을까요?

결국, 그것은 화가의 실력이 아니라, 원본이 유실됐고, 원본을 아는 사람도 후대로 갈수록 없었기 때문이라는 것이죠?

맞아요. 아쉽게도 원본을 가지고 있는 사람이 나타나지 않는 한, 사신도는 미지의 영역으로 남을 수밖에 없어요.

마치, 설화의 알맹이는 유실되고, 빈 껍질만 남아있는 경우와 비슷하네요?

네, 지금의 사신도는 화가의 상상으로 비슷하게 그린 그림일 뿐이죠. 왜냐하면, 사신도를 정말로 본 사람은 당시에 천기누설이라는 금기 때문에 그림으로 남기지 않았고, 그림을 그려서 남긴 화가는 정작 사신도를 본 적도 없었기 때문이죠.

솔선생은 혹시, 그 원본을 보셨나요?

꿈과 현실이 하나임을 믿는 사람이면, 내가 그에게 원본을 직접 보여줄 수도 있죠. 하지만, 꿈과 현실이 하나임을 믿지 못한다면, 내가 어떤 말을 해도 그는 전혀 믿지 않을 것입니다.

저는 꿈과 현실의 연속성을 믿고 싶어요. 그러기 위해서 더 확실한 근거가 하나쯤 있으면 좋겠어요.

양산 통도사에 가면 길옆으로 흐르는 계곡물을 따라서 고목 나무가 즐비하게 서 있죠. 하루는 어떤 사람이 와서 고목 나무를 살피더니, 가지와 잎이 말라가는 한 고목 나무를 쓰다듬으면서 생수를 부어주고 가더랍니다.

아니, 나무 바로 옆에 계곡물이 흐르고 있는데, 왜 생수를 부어주었을까요?

네, 그는 꿈에서 그 나무를 보았고, 그 나무가 있는 절이 통도사라는 것도, 꿈에서 처음 알았다고 해요. 그는 혹시나 해서 하루날 잡아서 그곳까지 가봤는데, 놀랍게도 몸통만 남다시피 한 그 고목 나무를 정말로 찾은 거죠.

꿈에서 본 나무를 찾다니, 정말로 신기하네요?

참, 기이한 일이죠. 그가 나중에 다시 가 보니, 그 고목 나무는 새로운 가지에 잎이 무성하게 돋아서 몰라볼 정도로 건강해 보였다고 하죠.

꿈이 현실이 돼서 고목 나무를 살린 거네요?

그렇죠, 그가 꿈을 현실로 수용하지 않았다면, 그리고 말라가는 그 고목 나무에 대한 연민의 정이 없었다면, 그 고목 나무가

장차 어떻게 됐을지는 아무도 알 수 없겠죠.

그렇다면, 모든 꿈은 현실을 반영하는 것인가요?
일부는 그렇죠. 하지만, 대체로 한바탕 꿈으로 끝날 때가 더 많아요.

그것을 어떻게 구분하죠?
선명함으로 알 수 있죠. 의미 있는 꿈은 마치 1억 화소로 찍은 사진과 같으니까요.

제가 어렸을 때, 왕이 돼서 진수성찬을 차려놓고 열심히 먹고 있는데, 엄마가 "어서, 밥 먹어라."하고 부르는 소리에 깜짝 놀라서 깬 꿈은 뭐죠?
앗, 그건 다음에 오면 말해줄게요.

20

사슴과 노인

솔선생 안녕하세요?
네, 어서 오세요.

이렇게 안개가 자욱이 끼니까 솔밭 느낌이 다르네요.
그런가요? 두 팔을 최대한 벌려보세요.

아, 두 팔을 벌리니까 몸이 자꾸 위로 솟구치려고 해요.
그래서 좀 무서운가요?

네, 갑자기 몸이 위로 솟아오를 줄 몰랐거든요.
그렇군요. 이제 괜찮으니까 안심하세요.

제가 잠깐 팔을 벌렸을 뿐인데, 어떻게 이런 일이 있을 수 있죠?

안개가 사람에게 날개를 달아주니까 그렇죠. 누구나 안개 속에서는 신선이 되죠.

정말요?

네, 혹시 오원 장승업의 '녹수선경도(鹿受仙經圖)'를 아세요?

아니요. 제가 그림은 문외한이라서요.

그는 술을 무척 좋아했어요.

아, 말씀을 듣고 보니, 전에 영화로 상영됐던 '취화선'이 생각나네요.

그럼, 잘됐네요. 그가 어떻게 살았는지 대략 알 테니까요.

솔선생은 그를 잘 아세요?

알다마다요. 그는 노년에 틈만 나면 소나무와 학을 찾았죠.

그는 왜 그렇게 소나무와 학을 찾았을까요?

그에게는 그리움과 한(恨)이 많았으니까요.

그는 궁중의 화원(畵員)이 되었고, 작은 벼슬도 하사받은 것으로 아는데, 무슨 그리움과 한(恨)이 그렇게 많았을까요?

그에게는 세상을 다 주어도 결코 채울 수 없는 것이 있었기 때문이죠.

그는 어릴 때부터 고아였다고 들었어요.

네, 그랬죠. 그는 일찍부터 그림에 눈을 떠서 그림으로 먹고살았죠.

그림이 쌀이 되었단 말씀이네요?

맞아요. 그러나, 화원(畵員)으로서 그의 명성이 자자할수록 그는 채울 수 없는 어떤 그리움에 사무쳤죠. 그것을 술로 달랠 수 없을 때, 그는 홀로 소나무와 학을 찾았답니다.

저는 자유분방하게 사는 그의 소탈한 모습이 꽤 부럽기까지 했는데, 솔선생 말씀을 듣고 보니 그것은 저의 착각이었군요.

그래서 열 길 물속은 알아도, 한 길 사람 속은 잘 모른다고 했죠.

그런데, 아까 오원의 '녹수선경도(鹿受仙經圖)'는 왜 물어보신 거죠?

네, 거기에 그의 삶과 그리움과 한(恨)이 다 들어가 있으니까요.

〈녹수선경도〉

제가 그 그림을 찾아봤더니, 커다란 사슴이 한 노인 앞에 앉아 있는 그림이네요.

맞습니다. 거기에 놓인 책은 도가(道家)의 경전이고, 향로는 세속의 때를 씻어서 불로장수를 바라는 사람들의 염원이죠.

그런데, 왜 노인의 모습이 종래의 신선과 좀 다르죠? 사슴은 크고 멋진데 말이죠.

그게 오원 선생 그림의 묘미죠.

그러니까, 고매한 신선을 마치 취한 노인처럼 일부러 꾀죄죄하게 그렸다는 것이죠?

네, 그의 마음은 신선이었지만, 현실은 전혀 그렇지 못했으니까요.

저는 그 말씀이 잘 이해가 안 돼요.

그림을 다시 한번 잘 보세요. 사슴과 노인의 표정이 어떤가요?

좀 서먹서먹하네요. 노인은 먼 하늘을 보고 있고, 사슴이 더 눈에 힘을 주면서 노인을 쏘아보고 있는 것 같아요.

잘 봤습니다. 그 사슴이 곧 세상 사람들이고, 노인은 바로 오원 선생 자신이죠.

저는 아직도 잘 모르겠어요.

그런가요? 만약에 어떤 사람이 신선을 만났다면 어떻게 하죠? 그에게 공손할까요? 아니면, 눈에 잔뜩 힘을 주고 그를 째려볼까요?

아, 이제 알겠어요. 속인(俗人)들이 그를 함부로 업신여겼군요.

네, 그래요. 그가 세상에 얽매이지 않고 살려고 하면 할수록, 사람들은 그에게 문향(文香)이 부족하다고 손가락질했죠.

그러면, 이 그림은 그의 자화상과 같은 것이군요.

그래요. 먼 곳을 바라보는 노인의 시선을 한번 보세요. 그는 불콰한 얼굴로 무엇을 보려고 했을까요? 좋은 술이나 여인, 아니면 부귀영화였을까요?

저도 그것이 무척 궁금해요.

짐작건대, 그것은 개떡 하나라도 생기면, 온 가족이 함께 웃으면서 나누어 먹던, 아련한 옛 추억이 아니었을까요?

21

옥두샘

솔선생 안녕하세요?

네, 어서 오세요.

눈이 어느새 다 녹았네요.

네, 올해는 봄이 빨리 오려나 봐요.

그런 것 같아요. 오다 보니까, 버들개지가 더 하얗더라고요.

전에는 올라오면서 숨차다고 하더니 요즘도 그런가요?

아니요. 솔숲에 자주 오다 보니까 몸이 건강해진 것 같아요.

그것참, 잘됐네요.

솔숲에 시원한 폭포라도 있으면 참 좋겠어요.

왜, 폭포가 없어서 좀 아쉬운가요?

꼭 그런 것은 아니고요, 그림 같은 풍경을 탐내는 제 욕심이죠.

그럼 폭포를 하나 만들까요?

아, 놀리지 마세요. 농담으로 한 것이니까요.

목이 말라서 그렇다면, 저 아래쪽에 있는 옹달샘에나 한번 다녀오세요.

이곳에 자주 왔지만, 저는 옹달샘이 있는 것도 여태껏 몰랐어요.

그럴 겁니다. 길에서 보면 잘 보이지 않으니까요.

왠지 물맛이 기가 막힐 것 같네요.

그뿐만 아니라, 그 샘물은 보약보다 오히려 더 낫다는 소문이 있죠.

아, 진짜, 대박이네요. 당장 가서 마시고 올게요.

그러세요. 아래쪽으로 조금만 내려가면 돼요.

솔선생 덕분에 샘물을 잘 마셨어요.

어때요, 물맛이 참 좋죠?

네, 최고입니다. 물맛이 아주 달고, 시원해요.

다행이네요. 옹달샘의 물맛에 반해서 이곳을 매주 찾아오는 사람들도 많죠.

아, 이곳 솔밭과 옹달샘의 물맛은 평생 잊지 못할 것 같아요.

그렇게 감격했다고 하니까, 하나만 더 알려주고 싶네요.

아니, 이것 말고 뭐가 또 있어요?

네, 이곳 솔숲 주변에서 제일 유명한 것이 또 하나 있죠.

그것이 무엇이죠?

아무래도, 오늘은 운동을 좀 해야겠네요.

네? 어떤 운동을 하라는 말씀이죠?

저 위쪽으로 가면 큰 바위 어른이 있어요.

네, 거기로 가면, 뭐가 또 있나요?

작은 오솔길이 하나 있죠. 그길로 곧장 가다가 두 갈래 길이 나오면, 계곡 옆으로 나 있는 샛길로 가지 말고, 낙엽이 무성한 위쪽 길로 가 보세요. 그러면 이끼가 낀 커다란 바위 아래에 작은 샘이 하나 보일 겁니다.

이것 참, 제가 제대로 찾을 수 있을지 모르겠네요.

두 갈래 길에서 위쪽으로 나 있는 길이 낙엽에 덮여서 희미하니까, 그것만 잘 유념하면 돼요.

그런데, 왜 하필 그 샘을 찾아가 보라고 하는지 잘 모르겠어요.

예전부터 마을에서 가장 위쪽에 있는 샘을 옥두(玉斗)샘이라고 하죠.

아, 샘물 이름이 옥빛처럼 참 예쁘네요.

네, 그런데 옥두 샘물을 한번 마시면, 흰 머리가 다시 검게 되고, 하루에 천 리를 걸어도 전혀 피곤치 않다는 옛말이 있어요.

솔선생 말씀을 듣고 보니, 옥두샘에 한번 가 보고 싶네요.

거기까지 그리 멀지는 않으니까, 그렇게 하세요.

네, 솔선생이 마실 물도 챙겨 올게요.

감사요. 이거 괜히 내가 물 심부를 시킨 것 같아서 미안한데요.

별말씀을 다 하세요. 제게는 옹달샘도 과분한데, 옥두 샘물까지 솔선생 덕분에 맛보게 됐으니, 오늘은 제가 너무 호강합니다.

마침, 날도 풀렸으니 다녀올 만하겠네요. 그럼, 이따가 봐요.

솔선생, 많이 기다렸죠? 옥두 샘물이 여기 있어요.

고마워요. 길을 찾는 것이 어렵지는 않던가요?

네, 생각보다 쉽게 찾았어요. 그런데, 그 옥두샘을 찾은 순간에 뭔가 가슴이 찡하던데요.

그럴 수 있죠. 땀 흘리지 않고, 저 위에 숨어 있는 옥두 샘물을 마실 수는 없으니까요. 게다가, 거울처럼 맑은 그 옥두샘에 비친 자기 모습을 보면, 다들 좀 울컥하죠. 사실, 그것이 옥두샘의 가장 큰 매력이죠.

22

수미산 폭포

솔선생 안녕하세요?

네, 어서 오세요.

올라오면서 옹달샘에 잠깐 들렸어요.

잘했네요. 샘물 맛은 어때요?

오늘은 천천히 마셨어요. 그런데, 눈이 아주 맑아지는 느낌이
들어요.

그렇다면, 좋은 일이네요.

솔선생이 잘 말씀해 준 덕분입니다.

또, 비행기 태우는 것인가요? 오늘은 폭포에 얽힌 이야기를 하나 해 보죠.

저는 대환영입니다.
여기서 계곡 옆으로 난 길을 한 시간쯤 따라서 들어가면, 제법 큰 폭포가 하나 있어요. 어떤 사람은 그 폭포를 '제3 폭포'라고 하고, 어떤 사람은 '수미산(須彌山) 폭포'라고 하고, 또 어떤 사람은 '신선 폭포'라고 하는데, 어떤 것이 맞는지는 잘 몰라요.

아, 저는 폭포의 이름만 들었을 뿐인데, 벌써 기대가 되네요.
좋아요. 지금부터 하는 얘기는 구름이 전해준 것이니, 그냥 재미로 들으세요.

네, 그럴게요.
어느 날, 그곳 수미산 폭포에 세 노인이 잠깐 유람을 왔다고 해요. 그곳의 산수는 전국에서도 아주 기이하고 수려하기로 유명하죠.

말 그대로 신선이 쉴만한 곳이군요.
네, 그 세 노인은 보통 사람이 아니라 신선이었죠. 그런데, 그 세 노인은 누가 더 능력이 뛰어난지 그 수미산 폭포에서 내기를 했어요.

내기가 뭐였죠?.

네, 그들은 내기의 주제로 여러 가지를 생각하다가, 마침내 하나를 택했어요.

아, 옛날 이야기꾼들이 이쯤에서 이야기를 멈추었다면, 난리가 났겠죠?

아마도, 그렇지 않을까요? 앞으로 전개될 이야기의 방향이 구름을 타고 하늘을 나는 것일지, 해와 달을 훔치는 것일지, 마른 장작에서 향기로운 꽃을 피우는 것일지, 그것은 도무지 예측할 수 없을 테니까요.

아, 실로 어마어마하네요? 만약, 저에게 그중에서 하나를 고르라 한다면, 저는 해와 달을 훔치는 것을 내기의 주제로 했겠어요.

잘 골랐네요. 해와 달을 훔치는 것은, 사실 거의 불가능한 일이니까요. 하지만, 정답은 아닙니다.

그러면, 뭐가 또 있을까요?

네, 폭포가 바로 그날 내기의 주제였죠.

도대체, 폭포와 내기가 무슨 상관이 있을까 전혀 짐작을 못 하겠어요.

그럴 겁니다. 그러니까 신선의 내기죠. 일단 폭포를 주제로 삼

앞으니, 세 노인은 폭포를 대상으로 각자 한가지씩 능력을 선보여야 했어요.

어떤 능력이었을까요?

먼저, 첫째 노인이 폭포를 타고 절벽 위에서 밑으로 곧장 내려가는 능력을 선보였죠. 그러자, 둘째 노인이 껄껄 웃으면서 폭포 밑에서부터 위로 순식간에 올라갔죠. 이제 셋째 노인의 차례였는데, 문제는 폭포를 대상으로 더 이상 능력을 쓸 것이 없었죠.

셋째 노인이 자기 능력을 발휘할 기회를 이미 두 노인에게 뺏겨서 몹시 아쉬워했겠네요?

그렇지만, 셋째 노인이 그날 내기에서 두 노인을 제치고, 멋지게 이겼답니다.

아니, 어떻게요?

셋째 노인이 폭포를 타고 내려가다가 중간에서 딱 멈춘 채, 한동안 그렇게 있었으니까요.

와, 이거야말로 상상을 뛰어넘는 마무리네요.

네, 이야기는 짧지만, 그 속에 뭔가 알 수 없는 묘미가 담겨있는 듯하죠.

그런데, '수미산 폭포'나, '신선 폭포'는 서로 비슷한데, 굳이 '제3 폭포'라고 한 이유는 뭘까요?

그것은 폭포에 얽힌 설화가 후대까지 잘 계승되지 못했기 때문이죠. 사실, 그곳에 가기 전에 '제2 폭포'가 우측에 있는데, 그곳 역시 설화는 유실되고, 지금은 무미건조한 '제2 폭포'로 불리면서 남게 된 것이죠.

그렇다면, 혹시 '제2 폭포'가 품고 있었던 원형 설화를 솔선생은 아세요?

네, 그곳은 '어등(魚登)폭포'라고 불러야 해요. 왜냐하면, 그 폭포에는 예부터 황금 물고기가 살고 있었는데, 밤새도록 물에서 놀다가 아침 해가 뜨기 직전에 하늘로 올라가곤 했답니다.

우아, 엄청 신비로운 이야기네요?

그런데, 이것을 지켜본 마을 사람이 매우 상서로운 일이라 여겨서, 이웃에 사는 선비에게 넌지시 말해주었어요. 그러자, 그 선비가 매우 감동해서 매일 새벽에 그 폭포까지 가서 눈을 씻었답니다.

그 선비의 정성이 대단하군요. 그래서 결국 장원급제했나요?

물론입니다. 그래서 수많은 사람이 그 폭포를 보려고 멀리서 찾아오곤 했죠. 그러나, 세월이 무수히 지나면서 찰졌던 설화는 사라지고, 지금은 '제2 폭포'라고 부른답니다.

그곳이 어딘지 좀 더 구체적으로 알 수 있을까요?
**아니요. 설화는 설화로 남아야 하니까, 이쯤에서 마무리 하는
것이 더 좋지 않겠어요?**

23

헌화가의 세계

솔선생 안녕하세요?

네, 어서 오세요.

제가 '화가의 꿈'에서 궁금한 것이 좀 있는데, 여쭤봐도 될까요?

물론이죠. 고구려 고분벽화 사신도에 관한 것 말이죠?

맞습니다. 저는 '금기'가 무엇인지 잘 모르겠어요.

흔히 '금기'는 꺼리는 것을 말해요. 그런데, 사신도에서 화가가 금기로 여겼던 것은 세상에 쉽게 드러내서는 안 될 내용에 관한 것이었죠. 쉽게 말해서 알아도 모른척해야 하는 겁니다.

왜 그렇게 비밀로 해야 했을까요?

금기의 빗장이 풀리면 혼란이 오기 때문이죠.

저는 그것이 잘 이해가 안 돼요.

정부에서 신도시 개발을 할 때, 처음부터 그 청사진을 공개하지는 않잖아요? 사신도를 처음으로 그렸던 화가도 마찬가지였겠죠.

만약, 금기를 어기고 사신도의 원본을 공개했다면, 땅 투기를 부추기는 것과 마찬가지의 혼란이 일어났겠네요?

그렇죠. 벽화를 그려서 사후에도 부귀와 안녕을 보장받으려고 했던, 막강한 권력자만의 특권이, 화가가 금기를 어기는 순간에 일시에 사라질 수도 있었겠죠.

잘못하면, 화가의 목숨이 위태로울 수도 있었겠네요?

그랬겠죠. 막강한 실력자일수록 사신도에 대한 독점욕이 강했을 테니까요. 왕이나 귀족이 누려야 할 특권이 사라지는 것을 절대로 용납할 수 없었겠죠.

그렇다면, 원본을 가졌던 화가는 사신도를 그리고 나서 죽임을 당했거나, 멀리 도피해서 살았겠네요?

네, 그것은 충분히 짐작할 수 있는 사실이죠. 화가도 그만한 눈치는 있었을 테니까요.

아, 고분벽화에 최고의 그림, 사신도를 그렸지만, 그 화가는 도 피하면서 살아야 했다고 생각하니, 가슴이 좀 먹먹하네요.

네, 당시에는 화가도, 화가의 꿈도 소수만의 전유물에 가까웠 죠.

그래서 사신도의 원본이 지금까지 전해지지 않고, 벽화에만 남 겨져 있는 것이군요?

그래요. 사실, 지금 남아있는 사신도는 원본이 아니라, 원본의 모작일 가능성이 더 높아요. 앞서도 말했지만, 원본을 본 화가는 절대로 사신도를 그리지 않았기 때문이죠. 설령, 그가 사신도를 그렸다 하더라도 그것은 주문에 따라서 그럴듯하게 그려준 것에 불과해요.

솔선생은 어떻게 그것을 확신하죠?

사신도를 보면 똑같은 것이 없다고 했죠?

네, 그랬었죠.

그러면, 여러 개의 사신도 중에서 어느 것이 원본에 가까운 그 림인지 구별할 수 있어요?

저야, 아무리 자세히 봐도, 무엇이 원본에 가까운지 전혀 알 수 없죠.

그러니까, 원본이 필요하죠. 사신도를 소중히 여기면서도, 이상하게 그 원본에 대해서는 다들 함구하고 있는 것이 요즘 현실이죠.

왜 이런 현상이 나타날까요?
글쎄요. 꿈과 현실을 분리해서 이해하려는 경향이 너무 강하기 때문 아닐까요? 꿈에 대한 이해를 가볍게 여기고, 지식으로만 사신도를 보려고 한다면, 그 원본은 앞으로도 수많은 세월이 흘러도 나타나지 않겠죠.

결국, 꿈과 현실의 연속적 속성을 이해해야 풀 수 있겠네요?
아무래도 그렇겠죠.

저는 최근에 '헌화가'를 읽다가 솔선생이 생각났어요.
아니, 왜 내가 생각이 났죠?

> 자줏빛 바위 끝에
> 잡은 손 암소를 놓게 하시고
> 나를 아니 부끄러워하신다면
> 꽃을 꺾어 바치오리다.
>
> 〈헌화가〉

제 느낌인지 모르지만, 왠지 수로부인에게 꽃을 바치겠다는 노인이 솔선생과 매우 비슷하다고 여겼기 때문이죠.

내가 그렇게 로맨틱하게 보였나요?

뭐, 그렇다기보다는, 뭔가 신비롭고, 뭔가 있어 보인다고 하는 것이 더 적당하겠죠.

아니, 솔밭에 한가롭게 서 있는 나를, 그렇게 띄우면 좀 부담스러운데요?

저는 이 신비로운 노래를 어떻게 이해하면 좋을지, 솔선생에게 직접 듣고 싶어요.

그렇게 부탁하니, 내가 아는 대로 말해줄게요. 자줏빛 바위 끝은 신선이 사는 곳을 뜻하고, '자하(紫霞)'로 표현되기도 하죠. 암소는 쉬지 말고 해야 할 수행이나, 중생을 뜻해요. 그리고, '나'는 배경 설화에 등장하는 노인이죠.

그렇다면, 신선이 사는 곳에 꽃이 피었는데, 세속에 얽매였던 중생이 잡은 끈을 놓고, 노인의 안내를 따른다면, 꽃을 꺾어서 줄 수 있다는 것이네요?

네, 아주 멋진 해석이네요.

그런데, 수로부인은 강릉 태수로 부임하는 남편, 순정공도 있었는데, 왜 하필 절벽 위의 꽃을 탐냈을까요?

그 꽃이 세상에서는 아무나 구할 수 없는 꽃이니까 그랬겠죠.

세상의 부귀영화나, 체면까지도 버리고 구할 만큼, 그 꽃이 가치가 있다는 말씀이네요?

네, 어쩌면, 그 이상의 가치를 지닌 꽃일 수도 있죠.

저는 그런 꽃이 있다는 것이 상상이 안 가요.

세상에서 그 꽃을 쉽게 구할 수 있다면, 그 꽃의 가치는 사람들이 절벽에 오르는 수고만큼의 정도에 지나지 않겠죠. 하지만, 수로부인 곁에는 누구도 그 꽃을 꺾을 수 있는 사람이 없었죠. 오직, 길에서 우연히 만난 노인만이 가능한 일이었어요.

그 노인이 수로부인을 사랑했나요? 그는 위험을 무릅쓰고, 절벽에서 꽃을 꺾어서 주려고 했으니까 말이죠.

네, 진실로 사랑했겠죠. 하지만, 세속적인 남녀의 사랑이 아니라, 꽃을 매개로 한 사랑이죠.

조금 내용이 어려워지네요.

남편 순정공이 함께 있는데, 노인이 불쑥 나타나서 '내가 이 꽃을 꺾어서 바치겠다.'고 하는 것이, 세속적인 사랑의 고백은 아니

죠. 수로부인은 바다의 용이 탐낼 만큼 '꽃의 세계', 곧 '신선의 세계'에 심취해 있었다고 봐요. 그래서 견우 노인이 기특해서 그녀에게 꽃을 선물해 주려고 하는 것이죠.

그 노인은 어떤 사람일까요?
겉으로 보기에는 평범한 노인이죠. 하지만, 남들이 엄두도 못내는 절벽 위에 올라서 꽃을 꺾을 수 있는 능력이 있는 것으로 볼때, 매우 비범한 사람임을 알 수 있죠. 아마도, 그 노인은 중생을 제도하는 도가의 진인(眞人)이 아니었을까 생각해요.

그렇다면, 절벽 위에 있는 그 꽃이 의미하는 것은 무엇일까요?
세속의 눈으로 보면, 붉은 철쭉꽃이겠죠. 하지만, 수로부인이나, 노인의 눈으로 보면, 그 꽃은 세속의 초월과 신선(神仙)을 의미하죠. 과연, 수로부인은 자줏빛 바위 끝에 있는 그 꽃을 얻었을까요?

4부

나를 찾는 이야기

24

차 한 잔의 여유

솔선생, 안녕하세요?

네, 반갑습니다.

솔숲이 조용한 것 같네요.

아직은 바람이 차가워서 그런지 사람의 발걸음이 좀 뜸하네요.

춥지만 않다면, 솔선생에게는 겨울이 가장 좋은 휴식 시간이겠
군요?

**네, 이곳 친구들은 겨울이면, 자의 반 타의 반으로 동안거(冬安
居)에 들어가니, 늘 이때쯤에는 혼자 지내는 편이죠.**

혼자 있으면, 무섭지는 않은가요?

좀, 무섭죠.

혼자 있으면, 심심하지는 않은가요?

좀, 심심하죠.

혼자 있으면, 외롭지 않은가요?

좀, 외롭죠.

그렇다면, 제가 이렇게 와서 말하는 것이 꼭 나쁘지는 않겠네요?

물론이죠. 나는 대화하는 것이 늘 즐겁답니다.

솔선생도 동안거가 필요한가요?

네, 달리 선택의 여지가 없다면, 싫어도 해야죠.

그렇게 해서 얻는 것이 뭐가 있을까요?

별로 없죠.

이것 참, 저 위에 있는 스님이 들으면 노발대발하겠는데요.

그건 걱정하지 않아도 돼요.

저는 걱정이 돼서 그래요.

**괜찮아요. 내가 말한 동안거는 나와 솔숲 친구들을 대상으로
한 말이니까요.**

스님의 동안거와 솔숲 친구들의 동안거가 다른 건가요?
네, 좀 다르죠.

동안거라면 분명히 같을 텐데, 어떻게 다른가요?
**솔숲 친구들은 살기 위해서 하는 것이고, 어쩔 수 없이 하는 것
이죠. 그러나, 스님들은 찾기 위해서 하는 것이고, 스스로 원해서
하는 것이죠.**

무엇을 찾으려고 한다는 것이죠?
아, 이럴 때, 선승이라도 지나가면 딱 좋을 텐데요.

진짜 궁금해서 그래요.
하늘만큼 땅만큼인가요?

네, 무엇을 찾으려고 하는지 알고 싶어요.
그것은 집 없는 집을 찾기 위해서죠.

저는 말씀을 들어도 잘 모르겠어요.

만약, 그게 쉽다면, 굳이 동안거까지 할 필요가 없겠죠.

어떻게 해야 집 없는 집을 구할 수 있죠? 그리고 집 없는 집이
또 뭐죠?
나도 잘 몰라요.

그럼, 저와 내기해서 제가 이기면, 제게만 살짝 얘기해주세요.
**마치 내기를 하기도 전에 이미 이긴 것처럼 자신만만하네요.
그렇다면 어디 내기를 한번 해 볼까요?**

네, '이 세상에서 가장 듣기 좋은 소리'는 무엇일까요?
아, 그거 정답이 만만치 않겠는데요.

너무 어려우면 솔선생을 특별히 배려해서 객관식으로 할까요?
**아니요. 좀 생각해 봅시다. '뻐꾸기 소리'나 '부엉이 소리'는 아
닌 것 같고, '부자 되세요'나, '건강하세요'는 좀 평범하고. 혹시,
'봄이 오는 소리'가 아닐까요?**

정답은, 밖에서 뛰놀고 있는 얘들에게 "빨리 와서, 밥 먹어라."
하고 외치는 '엄마의 목소리'입니다.
아, 멋진 정답이네요. 내기하자고 큰소리칠 만해요.

그럼, 이제 솔선생의 말씀을 듣고 싶어요.

집 없는 집은 형상이 없죠. 그래서 눈에 잘 보이지 않아요. 그 렇지만, 없다고는 할 수 없죠.

그렇다면, 왜, 그런 집을 애써서 찾으려 하죠?

글쎄요, 누구도 본 적이 없고, 누구도 갖지 못하는, 나만의 집 에 대한 인간의 끈질긴 집념 때문이겠죠. 그 집만 있으면, 세상에 부러울 게 없다는 사람도 있으니까요.

그렇다면, 그 집을 찾는 것을 인생의 목표로 삼는 사람도 있겠 군요?

네, 그런 사람들이 많죠.

그 집을 찾은 사람이 있었나요?

그것은 알 수 없어요. 그 집을 찾은 사람은 말이 별로 없고, 그 집을 찾았다고 한 사람은 정작 그 집을 보지도 못했으니까요.

그러니까, 그 집을 찾은 사람이 아직은 많지 않다는 말씀이네 요?

맞습니다. 전혀 없을 수도 있고요.

어떻게 하면 집 없는 집 주인을 만날 수 있을까요?

네, 아까 내기가 '세상에서 가장 듣기 좋은 소리가 뭐냐?'였잖아요. 그래서 이번에는 '세상에서 가장 아름다운 소리는 무엇인지?'로 내기를 할까요?

꾀꼬리가 우는 소리 아닐까요?
아닙니다.

지렁이 하품하는 소리는 어때요?
재밌지만, 그것도 아닙니다.

솔바람 소리는 어떤가요?
그것도 비슷하지만, 아닙니다.

그럼, 도대체 뭘까요?
그것은 바로, 깊은 우물에서 샘물이 솟아나는 소리죠.

아, 정말로 맑고 깨끗한 소리일 것 같네요. 정답으로 인정해요. 그런데, 집 없는 집 주인을 만나는 것과 그 샘물 소리가 무슨 상관이 있을까요?
네, 상관이 있죠. 집 없는 집, 곧 빈집 주인을 모르면, 그 샘물 소리를 전혀 듣지 못하고, 그 샘물 소리를 듣지 못하면, 빈집 주인을 만나도 함께 차 한잔 마실 기회조차 없을 테니까요.

아, 점점 어렵네요. 동안거가 왜 어려운 것인지 짐작이 가네요.
**네, 세상에서 빈집 찾기는 쉽지만, 집 없는 집을 찾기는 쉽지
않죠.**

그렇다면, 그 집은 밖에서 찾는 것이 아니라, 혹시 내 안에서 찾
는 건가요?
네, 그렇다고 할 수 있죠.

그 집을 찾으면 무엇을 해야 하죠?
빈집이 썰렁하지 않게 등불을 밝혀야죠.

다른 살림 도구는 필요 없나요?
**그래요. 집이 작아서 집안에 들일 만한 것이 별로 없어요. 대신
에 뜰앞에 버드나무 너 다섯 그루와 마실 샘물 정도만 있으면 돼
요. 그런 집에서 여유 있게 차 한잔 마시면서, 하루를 보낼 수 있
다면, 참 좋지 않겠어요?**

25

빈방의 주인

솔선생, 안녕하세요?

네, 어서 오세요.

저번에 빈집에 대한 말씀을 해주셨는데, 다들 관심이 많네요.

아, 저기 오솔길 따라서 한참 들어가면, 보이는 집 말인가요?

그게 아니라, 내 안의 빈집이요.

그건 어차피 말해줘도 잘 모를 텐데요.

저도 궁금해서 그래요.

그렇다면, 조금만 더 얘기해 볼까요?

네, 저는 돈이 있다면, 그 빈집을 꼭 사고 싶어요.

그것참, 좋은 생각입니다. 그런데, 빈집을 사서 뭐 하려고요?

빈집을 제가 구매하면 뭔가 폼날 것 같기도 하고, 남들이 저를 빈집의 주인이 맞냐며, 존경의 눈으로 쳐다볼 것 같아서요.

아하, 그러니까 잘만하면, 빈집을 사서 대박을 터뜨리겠다는 건가요?

네, 아무도 갖지 못하는 그 빈집을 제가 소유한다면, 정말로 가슴이 벅찰 것 같아요. 게다가, 빈집 구경 좀 하자며, 얼마나 많은 사람이 저를 찾아오겠어요?

만약, 그렇게 된다면, 하루아침에 유명 인사가 되고, 찾아오는 사람들에게 입장료만 받아도 떼돈을 벌겠네요?

제가 너무 사실적으로 말씀드렸나요?

아니요. 솔직하게 잘 말해주었어요. 그런데, 빈집을 누구한테 사려고 해요?

사람들에게 물어보면, 알 수 있지 않을까요?

만약에, 빈집 주인이 값을 터무니없이 비싸게 부르거나, 빈집이 영 마음에 안 들면 어떻게 하죠?

그러면, 다른 데 가서 알아봐야죠.

다른 데 가서도 마음에 안 들면, 또 다른 곳을 가 볼 수밖에 없겠네요?

네, 저는 마음에 드는 빈집을 구할 때까지 그렇게 할 것 같아요.

생각은 참 좋은데, 하나만 물어볼게요.

네, 뭔가요?

정말로 빈집을 매매할 수 있다고 생각해요?

네, 저는 고생해서 빈집을 찾기보다 돈으로 살 수 있으면 사고 싶어요.

맙소사, 빈집의 거래는 그렇게는 안 돼요. 왜냐하면, 마음과 마음으로 주고받는 것이니까요.

그렇다면, 돈 주고 살 수 없다는 말씀인가요?

네, 오직, 마음으로만 가능하죠.

말하자면, 빈집의 거래는 돈보다 마음이 더 중요하다는 것이네요.

맞아요. 그래서 심심상인(心心相印)이라는 말도 있죠.

왜, 마음과 마음이죠? 혼자 찾는 것인데.

좋은 질문이네요. 먹과 벼루가 있다고 해 보세요. 최고의 먹물은 어디서 나오나요? 내가 먹이든지, 벼루든지 혼자서는 절대로 최고의 먹물을 만들 수 없어요. 그래서 먹과 벼루는 서로를 필요로 하죠.

결국, 마음과 마음이 서로 통하지 않거나, 혼자서 빈집을 찾겠다는 것은 애당초 성립될 수 없겠네요?

네, 빈집의 거래는 마음에서 마음으로만 이뤄집니다.

그럼, 혼자서 빈집을 찾는 사람은, 때가 되어도 추수할 것이 없겠네요?

그럴 가능성이 아무래도 높겠죠. 만약, 어떤 사람이 자기 힘으로 빈집을 지었다고 주장한다면, 그것은 일종의 사기이거나, 자아도취일 뿐이죠.

저는 먹과 벼루가 좋아야 한다는 그 말씀이 마치, 스승과 제자처럼 들리는데, 맞나요?

네, 그래야 마음으로 주고받는 것이 이뤄지죠. 스승이 없는 빈집은 마치 빈집처럼 보이는 허상일 뿐이죠. 말 그대로 그것은 실체가 없는 환상이죠.

빈집을 어렵게 구했다면, 뭐가 달라지나요?

겉으로는 아무것도 달라지지 않아요. 그러나, 안으로는 빈방이 하나 주어지죠.

그곳에 누가 머물게 되죠?

네, 멀리서 온 손님이 머물죠.

그럼, 손님이 오면 주인은 무엇을 하죠?

차를 끓여서 손님을 대접하고, 그가 전해주는 소식을 듣죠.

그 손님은 자주 오는가요?

네, 그가 쉴만한 빈방이 있으니까요. 사실, 빈방은 그를 위해서 마련한 것이니, 어찌 보면, 그는 손님이 아니라, 빈방의 주인인 셈이기도 하죠.

죄송한 질문인데, 빈방의 주인이 손님과 술을 마시지는 않나요?

네, 그에게 대접할 만한 술은 이 세상에 없어요. 진실로 그를 대접하고 싶다면, 빈방을 항상 깨끗하게 청소하는 것밖에 없죠.

그럼 빈방은 행랑채와 같은 것이네요?

아니요. 안방과 같은 곳이죠. 행랑채는 없어도 되지만, 안방은

반드시 있어야 하기 때문이죠.

그곳의 주인과 손님은 차 마시면서 뭘 하죠?

그곳에서는 누가 주인이고 손님인지 구별하는 것이 무의미해요. 다만, 차 한잔 마시면서 밝은 달빛을 함께 감상할 뿐이죠. 만약, 어떤 사람이 우연히 그 모습을 보았다면, 그는 분명히 "빈집에 누가 있나? 왜 아무도 없는데, 등불을 켜 놓았지?"하고 궁금해하면서 지나가겠죠.

26

아름다운 새벽 풍경

솔선생, 안녕하세요?

네, 어서 오세요.

저는 세상에서 가장 아름다운 사진을 한 장 찍고 싶은데, 도무지 무엇을 찍어야 할지 모르겠네요.

꿈이 거창하군요. 그런 사진을 찍기란 쉽지 않을 것 같은데요.

솔선생이 뭔가 길을 터줄 것 같아서 말씀을 드렸어요.

과거에는 그런 사진을 찍을 수 있는 곳이 많았죠. 그러나, 지금은 점점 그런 곳을 찾기가 힘들어요.

과거의 장면을 현실로 재현하는 문제라면, 제가 더 노력해 볼게요.

그럼, 좋아요. 불과 60년 정도 전에만 하더라도 이곳은 전기가 들어오지 않았죠. 당연한 일이지만, 모든 일은 사람의 손을 거쳐야 완성이 되는 시대였죠.

저도 다큐멘터리 방송을 통해서 지난 시절의 모습을 본 적이 있는데, 지금과 좀 다르더군요.

그래요. 사람의 생활 모습은 전기가 들어오고 나서부터 많이 변했죠. 샘물이 수돗물로 빠르게 대체되었으니까요.

저는 지금까지 샘물을 보기만 했지, 마셔 본 기억은 없어요.

그럴 겁니다. 샘물을 마시면서 자란 사람들은 다들 백발이 되었을 테니까요.

전에는 마을마다 샘물이 많았겠죠?

물론이죠. 부잣집은 아예 집안에 샘물이 따로 있었고, 공동으로 사용하는 우물이 마을 곳곳에 있었죠.

아, 그래서 옛날 그림을 보면, 버드나무와 함께 우물 풍경이 많았던 것이군요?

네, 과거에 마을 사람들의 생활은 우물을 중심으로 이뤄졌어

요. 밥과 빨래는 물론이고, 마실 물과 동네 소문까지도 모두 우물에서 두레박으로 길어 올렸죠.

제가 만약, 그때 우물가 풍경을 사진으로 찍을 수 있었다면, 명품 사진이 되었겠는데요?

그렇겠죠. 우물가의 생명력 넘치는 풍경은 언제 봐도 아름다울 테니까요.

그러면, 아직도 남아있는 우물가 풍경을 찾아보는 것도 좋겠네요?

네, 그것도 아름다운 사진을 얻기 위한 좋은 방법이겠죠.

혹시, 다른 방법도 있을까요?

네, 있죠. 멀리 갈 필요도 없이 이곳에 그냥 앉아 있으면 돼요.

솔밭 친구들을 기다리는 건가요?

아니요. 마을에서 올라오는 사람을 기다리는 것이죠.

세상에서 가장 아름다운 사진과 마을 사람이 잘 연결이 안 되는데요?

조금 있으면 곧 알게 돼요. 마침, 저기 올라오고 있네요.

아, 저기 보랏빛 패딩 입은 할머니 말씀하시는 건가요?

맞아요. 기억나죠?

네, 명희 할머니시잖아요.

그 할머니가 저 위로 왜 자주 가는지 아세요?

절에 가서 불공을 드리려고 하는 것은 아닐까요?

그럴지도 모르죠. 사진작가라면 마땅히 땀 흘리며 기도하는 모습을 작품으로 담는 것도 괜찮겠죠.

그러면, 명희 할머니에게 다른 볼일이 또 있다는 말씀인가요?

네, 그녀는 하루에 두 번 옥두(玉斗)샘에 들르죠.

여기서 옥두샘까지는 그렇게 멀지는 않지만, 그래도 매일 두 번을 오르내리는 것이 쉽지는 않을 것 같아요. 무슨 사연이 있겠죠?

그래요. 그녀에게는 금쪽같은 늦둥이 아들이 있었어요. 그녀는 아들에게 힘들 만한 일은 아무것도 시키지 않았죠. 하지만, 농촌에서 할 일은 새벽부터 밤늦도록 끝이 없을 정도로 많았죠.

옛날 사람들이 참 고생이 많았겠어요?

네, 워낙 할 일이 많아서 남녀 불문하고 나이가 들면, 골병들지

않은 사람이 한 사람도 없을 정도였죠. 그녀는 새벽에 샘물을 길어서 물항아리를 채우는 일부터 시작해서, 낮에는 들판에 나가서 일하고, 저녁 밥상을 차리기까지 손이 열 개라도 부족할 정도였죠.

그런데, 아들은 일을 안 하고 놀기만 했나요?

처음에는 어리니까 그랬죠. 그러다가 어느 날, 새벽에 샘물을 뜨려고 그녀가 길을 나섰는데, 물지게를 지고 샘물을 떠서 오는 아들을 중간에서 만났어요. 비록 열 살밖에 안 돼서, 자기 키만큼 큰 물통에는 물이 반 정도밖에 차지 않았지만, 그녀의 마음은 이미 물항아리가 다 채워진 듯한 느낌이었죠.

엄마를 생각하는 어린 아들이 참으로 기특하네요.

네, 세상에서 가장 아름다운 사진은 그런 모습이 담겨야 하지 않을까요?

엄마는 자식을 생각하고, 자식은 엄마를 생각하는 것 말이죠?

네, 아쉽게도 그때의 우물은 사라졌고, 그녀의 자식도 도시로 나가 살고 있어서, 사진으로 다시 담기가 어렵겠지만요.

그럼, 그 할머니가 옥두샘에 매일 오르는 이유는 무엇 때문인가요?

네, 새벽에는 옥두 샘물을 떠 오고, 오후에는 옥두샘 주변을 깨끗하게 청소하기 위해서이죠. 그녀가 날마다 옥두샘을 청소하는 이유가 뭘까요?

27

풍성하고 아름다운 삶

솔선생 안녕하세요?

네, 어서 오세요.

어떻게 해야 마음이 넓은 사람이 될까요?

음, 돈이 많아야 하겠죠.

돈 말고, 다른 것은 없나요?

옥토끼를 품으면 좋겠죠.

정말요? 옥토끼는 달에 있는데요?

아니요. 마음에도 있어요.

왜 옥토끼를 품어야 하죠?

솔밭 저쪽에 있는 엄마와 딸을 보세요.

"혜인아, 달이 무척 밝구나. 엄마는 네가 저 달처럼 살았
으면 좋겠다."
"네, 엄마. 제가 달처럼 곱게 살게요."

"자, 저 달을 조금만 더 보고 집으로 갈까?"
"네, 엄마, 그런데 저 달에 있는 옥토끼가 예쁘니까, 내가
데리고 가면 안 될까요?"

"호호, 그렇게 하렴."
"엄마, 고마워요."

그런데, 어린 딸이 정말로 꽃발 딛고 서서, 달에 있는 옥토끼를
잡으려고 하네요.
**만약, 옥토끼를 대수롭지 않게 여겼다면, 엄마는 딸에게 어떻
게 말했을까요?**

"쓸데없는 소리 하지 말고, 추운데 빨리 집으로 가자."라고 핀
잔을 주었겠죠.
네, 맞아요. 하지만, 방금처럼 엄마가 딸을 이해하고 기다려줄

수 있다면, 얼마나 좋겠어요.

그러니까, 옥토끼를 품고 사는 것은 마음에 넓은 텃밭을 가진 사람과 같겠군요?
네, 마음이 넓은 사람이 되려면, 현실적으로 돈이 우선이겠지만, 동심과 꿈의 세계로 보면, 옥토끼가 더 우선이겠죠.

동심과 꿈의 세계는 비슷한 점이 있는 것 같아요.
네, 나와 대상을 분리하지 않고, 온 세상을 하나로 보니까요.

결국, 넓은 마음은 옥토끼를 품는 것이군요?
그렇다고 할 수 있죠. 마음에 옥토끼를 키울만한 텃밭이 없다면, 넓은 마음은 둘째치고, 얼마나 재미가 없겠어요.

옥토끼를 품고 살려면, 어떻게 해야 하죠?
방금 저 어린 딸처럼, 꽃밭 딛고 손을 내미는, 그런 마음이 있어야 하겠죠.

아, 그것참 간단명료하네요.
사람들은 나이가 들수록, 편하게 앉아서 달을 따려고 하죠. 또한, 안타깝게도 호수에 비친 달을 건지겠다고 호수에 손을 내미는 사람도 있죠.

그러니까, 마음을 넓게 하려면, 꿈과 동심이 있어야 하고, 순수한 마음을 잘 간직해야겠네요?

맞아요. 황금빛 옷을 입고 허세를 부린다거나, 세상을 거꾸로 보면서 허상에 매이면, 그는 옥토끼하고 서로 친해질 수 없어요.

저는 옥토끼를 재미있는 옛이야기로만 생각했는데, 솔선생이 말씀하시는 옥토끼는 뭔가 좀 다른 의미가 있는 것 같아요.

특별한 것은 없어요. 다만, 다른 것이 있다면, 사람들은 옥토끼를 단순한 이야기로 알고 있고, 나는 마음에 생생하게 담고 있다는 차이밖에 없어요.

마음에 생생하게 담고 있다면, 옥토끼가 살아있다는 것인가요?

네, 그렇다고 할 수 있죠.

그럼, 마음에 담고 있는 옥토끼와 이야기 속의 옥토끼가 다른 점이 뭘까요?

상상과 현실의 차이겠죠. 누구나 달을 보면서 옥토끼를 상상할 수 있어요. 하지만, 옥토끼를 마음에 품으면, 그것은 살아있는 꿈이고, 현실이죠.

저는 아직 옥토끼를 마음에 품어본 적이 없어서, 실감이 나지 않아요.

그렇겠죠. 혹시, 날마다 옥두샘을 왜 청소하는지 생각해 봤어요? 물론, 여러 가지 이유를 말할 수 있겠지만, 깨끗한 옥두 샘물을 마시기 위해서가 아닐까요?

그러면, 마음에 옥토끼를 품고 사는 것도 그와 비슷하겠네요?
네, 옥토끼를 키우면서 생생하게 살아있는 꿈을 꾸기 위해서죠.

옥토끼를 키우면, 꿈에서 자주 볼 수 있나요?
물론이죠.

옥토끼가 아주 귀엽겠네요?
귀엽기보다는 맑고 아름답죠. 때로는 서러운 듯, 때로는 위로인 듯 보일 때도 있고요. 사실, 옥토끼보다 더 맑은 평화와 위안을 주는 대상은 이 세상에 없어요.

문득, 생각이 났는데, 옥토끼를 키워서 분양할 수도 있나요?
네, 가능해요. 하지만, 청정(淸淨)한 마음을 잃으면, 그것은 벌레 먹은 사과를 주고받는 것에 지나지 않아요.

어떤 사람이 옥토끼를 잘 키우면, 그에게 무엇이 좋을까요?
그는 꿈과 현실이 하나인 세상을 살게 되겠죠. 꿈이 말하고 현

실이 대답하면서 끝없이 살아있는 대화를 한다고 생각해 보세요.
이 얼마나 멋지고 아름다운가요. 이보다 더 풍성하고 아름다운
삶이 과연 또 있을까요?

28

춘란(春蘭)

오늘 날씨가 좋아요.

네, 그렇네요.

맑은 하늘을 보니 뭔가 좋은 일이 있을 듯해요.

좋은 일이 있죠.

정말요? 농담 아니시죠?

그럼요.

솔선생이 자신 있게 말씀하시는 것을 보니 궁금하네요.

그 자리에서 오른쪽을 보세요.

네, 봤어요.

뭐가 보입니까?

노박덩굴이 보이네요. 붉은 열매가 많이 있어요.

아, 식물 박사네요. 노박덩굴을 다 알고.

제가 어릴 때부터 산에서 자주 봤거든요.

그랬군요.

그런데 아까 말씀하신 좋은 일이, 노박덩굴하고 무슨 연관이 있나요?

아니요. 노박덩굴은 노박덩굴이고, 좋은 일은 따로 있어요.

궁금해 죽겠어요. 뭐죠?

저 앞쪽으로 가까이 가 보세요.

아무것도 안 보이는데요. 혹시 산삼이 이 근처에 있는 것은 아니죠.

산삼보다 더 좋은 것이 바로 발 앞에 있는데, 아직도 안 보입니까?

뭘까요? 제 눈에는 낙엽밖에 안 보여요.

낙엽에 덮여서 잘 보이지 않겠지만 긴 풀잎처럼 생긴 것이 있죠?

네, 찾았어요.
그게 춘란입니다.

네? 춘란이 이런 곳에서 살아요?
그래요. 관심을 두지 않으면, 다들 무심코 지나가죠.

낙엽으로 저렇게 덮여 있으니 사람들이 잘 모를 수밖에 없겠네요.
사람뿐만 아니라, 산토끼나 다람쥐도 사정은 마찬가지죠. 춘란은 자신을 보호하기 위해서 최대한 몸을 낮추고, 자신의 향기마저 멀리 퍼지지 않도록 억제한답니다.

그럴 이유라도 있나요?
그렇게 해야 춘란은 사니까요. 그의 꽃향기가 퍼지는 순간, 겨우내 배고픈 토끼나 고라니의 맛 좋은 간식거리가 되겠죠.

춘란에게 낙엽은 생명의 보호막이군요.
그런 셈이죠. 그런데, 내가 춘란을 가까이 가서 보라는 이유는, 춘란의 눈물겨운 생존능력이 아닙니다.

춘란의 가격이 혹시 산삼보다 비싼가요?

만약에 그렇다면 사람들이 다 채집해 가서, 산짐승은 봄이 오기도 전에, 이미 배고파서 다 죽었을 것입니다.

그럼, 도대체 뭐죠?

마침, 저기에 있는 춘란이 꽃이 피려고 하니, 그 향기를 한 번 맡아 보세요.

아무 향기도 안 나는데요.

숨을 부드럽게 하고, 코에 감각을 집중해 보세요.

아, 이제야 느껴집니다. 뭔가 머리가 맑아지는 것 같아요.

그래서 예부터 군자의 향이라고 했죠. 또한, 그 향기가 마치 숨은 듯하다고 해서 암향이라고도 하고요.

아, 그래서 난 그림과 시가 유난히 많군요.

맞습니다. 난을 통해서 사람들은 군자의 기품과 향을 느끼려고 했던 것이죠.

저는 여태껏 난잎이나, 난꽃이 좋아서 화가나 시인이 즐겨 찾는 줄 알았어요.

누구나 그렇게 생각하죠. 그러나, 진짜는 그 맑은 향기에 있습

니다. 산삼이 아무리 값어치가 있어도 산삼의 향을 군자의 향이
라고 하지는 않아요.

아, 솔선생이 그래서 산삼보다 좋은 일이 있다고 하셨군요.
네, 게다가 춘란의 맑은 향기는 봄을 일찍 깨우니까요.

29

흑백 사진

솔선생 안녕하세요?
네, 어서 오세요.

오다가 보니까, 분홍빛 노루귀가 많이 피었네요?
네, 바람도 많이 부드러워졌어요.

며칠 전에 제가 꿈에서 솔선생을 봤어요.
아, 그래요?

그런데, 이상한 것은 솔선생이 저를 바라보면서 미소만 지었어
요.

그동안 무슨 좋은 일이라도 있었나요?

친구가 등산을 같이 가자고 해서 북한산에 다녀온 것밖에 없어
요.
그래, 재미있게 다녀왔어요?

네, 어릴 때부터 둘도 없는 친구여서 즐겁게 다녀왔죠.
등산하는 사람들이 많지는 않던가요?

웬걸요. 엄청, 많던데요. 요즘 등산하는 사람들이 많아졌다고
하던데, 진짜 그 말이 실감 났어요.
등산은 좋은 취미활동이죠.

그런가 봐요. 저도 처음에는 힘들었는데, 백운대 정상까지 갔
다 오니까, 기분이 한결 좋아지더라고요.
산에 갔다가 오면서 인상 깊었던 일은 없었나요?

사방이 탁 트인 정상에서 친구와 함께 인수봉을 배경으로 멋진
사진을 찍었죠.
잘했네요. 저번에 그 수동렌즈로 찍은 것인가요?

네, 요즘에는 주로 그 렌즈로 사진을 찍고 있어요.

고전과 현대의 조합이 멋지네요.

아직은 연습 중이라서 만족할 만한 사진은 별로 없어요. **북한산을 자주 다니다 보면 길눈이 생기듯이, 그 렌즈도 곧 익숙해지겠죠.**

솔선생 말씀대로 길눈이 생길 때까지 수동렌즈를 써 보려고 해요. 최신 카메라와 렌즈에 한때, 마음을 뺏겼던 순간을 반성도 할 겸해서요. **좋은 생각이네요. 뭐든지 아끼고 친해지다 보면, 둘도 없는 보물이 되는 것이죠.**

뭔가 울림이 있는 말씀 같네요? **그런가요?**

네, 솔선생 말씀은 한마디 한마디가 마치 안개 낀 산과 같아요. **어떤 의미에서 그런가요?**

안개가 걷히면서 한 봉우리씩 산이 점차 드러나는 것과 같으니까요. **좋게 말해서, 신비스럽다는 것인가요?**

네, 그렇죠. 어떤 때에는 제가 꿈을 꾸고 있는 것 같기도 하고요.

핸드폰에 꿈을 뺏기는 것 보다는 그게 더 낫지 않나요?

네, 훨씬 더 낫죠. 그래서 언젠가는 아예 핸드폰을 사용하지 말까 하는 생각도 했어요.

그러다가 외톨이가 되면, 어떻게 해요?

괜찮아요. 저에게는 든든한 솔선생이 계시잖아요.

이거, 원치 않게 내가 사이비 교주가 된 것 같네요?

아, 그런 뜻으로 말씀드린 것은 아니고요, 저는 솔선생과 대화하면서 정말로 많이 배웠다는 뜻이죠.

그건 고맙지만, 세상에서 외톨이가 돼도 좋다는 생각은 그리 현명한 것 같지 않네요. 물론, 이슬만 먹고 살 용기가 있다면, 홀로 사는 것도 나쁘지 않겠지만요.

네, 알겠어요. 사실, 저는 솔선생을 만나서 대화를 하기 전에는 솔숲도, 솔숲 친구도, 전혀 몰랐죠. 그런데, 이제는 이곳이 어느덧, 마음의 고향처럼 느껴졌어요.

사람에게 쉴 만한 곳이 있는 것은 좋은 일이죠. 나는 잣나무처럼 줄 것도 없고, 매화처럼 향기로운 꽃도 없지만, 그래도 이곳을 마음의 고향처럼 여긴다니 고맙네요.

저, 솔선생께 부탁이 하나 있는데, 말씀드려도 될까요?

네, 물론이죠.

제가 솔선생과 대화하면서 많은 것을 배웠고, 어떻게 살아야할 것인지도 알았어요. 그런데, 제가 그냥 평범하고 보잘것없는 흑백 사진처럼 살아도 이해해 주실 거죠?

물론이죠. 나를 잘 보세요. 남들보다 몇 배는 더 오래 살았지만, 키가 조금 더 크고, 허리둘레가 조금 두꺼워진 것 말고, 내세울 만한 것이 있나요? 그러니까, 남과 비교하면서 스스로 위축될 필요는 없어요. 지금은 컬러의 시대이지만, 컬러의 유혹을 뿌리쳐야 더욱 아름다운 흑백 사진이 또한, 탄생하는 것 아닐까요?

그렇게 말씀해주시니 감사해요.

걱정하지 마세요. 어느 날 아침에 눈을 떠보니, 온 세상이 눈으로 하얗게 뒤덮인 것처럼, 그런 날이 반드시 올 것입니다. 때가 되면, 누구나 다 비상(飛翔)하니까요. 힘내세요.

30

아름다운 꽃

솔선생 안녕하세요?

네, 어서 오세요.

이야기가 뒤로 갈수록 좀 어렵다는 사람들이 있네요.

왜 그렇게 생각할까요?

과학과 문명의 시대에 꿈과 설화가 낯설기 때문이겠죠.

아, 그러니까, 쉽게 말해서 현실과 부합하지 않다는 말이죠?

네, 꿈과 설화가 현실과 너무 먼 얘기인 것 같기도 하고요.

그럼, 강물이 흘러서 바다가 되면, 바다에는 바닷물만 있어야

하겠네요?

네, 아무래도 그렇겠죠?

하지만, 동해에서 수심 200m 이하의 깊은 바다에는 해양심층수가 있어요. 그 물은 바다에 있을 뿐이지 엄밀하게 말하면, 강물의 속성을 더 많이 가지고 있죠.

강물과 바닷물이 서로 섞이지 않는 영역이 존재한다는 말씀이군요?

물론이죠. 설화의 시대에서 문명의 시대로 모든 것이 급속하게 이동하고 있지만, 마치 해양심층수처럼 고유한 생명력을 가지고 있는 것도 많죠.

그렇다면, 문명에 의존하는 사람들일수록 설화를 더욱 낯설어하고 어렵게 느끼겠네요?

네, 문명의 편리함과 효율성을 유일한 가치의 척도로 삼으면, 설화는 설 자리가 없겠죠.

아, 그래서 뒤로 갈수록 어렵다고 했군요?

그래요. 꿈과 설화가 편리함과 효율성 때문에 존재하는 것은 아니죠. 그런 것은 차라리, AI의 영역에 가깝죠.

저는 꿈과 빈집 얘기를 들으면서 너무 흥미로웠어요.

이것 참, 칭찬받으려고 한 말은 아닌데요.

정말입니다. 저는 지금도 꿈을 꾸고 있는 것 같아요.

그냥, 두서없이 말했던 것인데, 하여튼 고마워요.

저는 이제야 솔선생이 말씀하시는 방식을 조금 알 것 같아요.

네? 어떤 방식을 말하는 것인가요?

솔선생은 겉으로 보면, 우뚝 서 있기만 하잖아요. 그렇지만, 모든 세상 소식을 보고, 듣고, 전하고 있으니 사실은 모든 일을 다 하고 계신 셈이죠.

그거야, 살다 보면 누구나 다 하는 일이니까, 그렇게 신통할 것이 없을 텐데요?

너무 겸손한 말씀이세요. 언젠가 솔선생이 말씀하셨듯이 마음의 실타래를 한 가닥 풀어서 가슴을 찡하게 하는 것은, 결코 아무나 할 수 있는 일이 아니죠.

그렇게 생각해주니 고마워요.

저는 도시에 살면서 자연에 무관심했고, 꿈을 꾸면서도 그 신호를 제대로 이해하지 못했어요. 게다가 물질문명의 시대에 인정

(人情)이란, 마치 한물간 민속품처럼 귀하게 생각되지도 않았죠. 그런데, 솔선생이 이런 저를 잔잔하게 깨우쳐 주셨어요. 만약, 이런 기회가 없었다면, 저는 본래의 제 모습을 어떻게 찾을 수 있겠어요?

그렇게 감동할 게 많았다고 하니, 다음 달부터는 우리의 대화를 유료 수강으로 바꿀까요?

아, 솔선생의 말씀은 매번 들어도 잘 익은 백김치 맛처럼 느껴져요.

그런데, 빈집 얘기를 안 하는 것을 보니, 빈집은 흥미가 없었나 보네요?

그건 저에게 너무 어려운 문제인 것 같아서요.

괜찮아요. 어느 날 문득, 이해할 때가 있을 거예요.

솔선생은 내일 일을 알 수도 있나요?

네, 하지만, 흩날리는 눈송이의 방향이 어디로 갈지는 아무도 모르죠.

차라리 바람에 몸을 맡기고, 그 순간을 멋지게 날라는 말씀인가요?

그렇죠. 눈송이의 나는 모습은 덧없이 짧지만, 그 비행하는 모

습이 마치 한 송이의 꽃처럼 승화할 때, 그 모습이야말로 말로 미적 아름다움의 극치죠. 그것은 차라리 황홀하다고 하는 것이 더 적합할 수도 있겠네요.

눈을 꽃송이로 상상하라는 말씀인가요?
네, 누구나 처음에는 상상으로 눈을 보려고 하죠. 그러다가 나중에는 그것이 꿈이 되고, 현실이 되는 순간이 있어요.

얼마나 오랫동안 눈을 바라봐야 그렇게 될까요?
시간은 그렇게 중요하지 않아요. 혹시, 남이 아플 때 나도 아프고, 남이 기쁠 때 나도 기뻤던 적이 있나요? 만약 그렇다면, 그는 극심한 추위나 가뭄 속에서도, 심지어 깜깜한 동굴 안에서도, 눈부시도록 아름다운 꽃을 볼 수 있겠죠. 아니, 꽃이 되겠죠.

그게 사실이라면, 정말로 황홀하겠네요.
네, 물론이죠. 이제 봄이 왔으니, 앞으로 자주 보도록 할까요? 볼품없는 얘기를 끝까지 들어줘서 감사해요.

꿈꾸는 대화

1판 1쇄 발행 2024년 04월 03일
지은이 윤상필

편집 양보람 **마케팅·지원** 김혜지
펴낸곳 (주)하움출판사 **펴낸이** 문현광

이메일 haum1000@naver.com **홈페이지** haum.kr
블로그 blog.naver.com/haum1000 **인스타** @haum1007

ISBN 979-11-6440-561-9(03810)